扶贫札记

唐 成◎著

长江出版传媒 | 长江文艺出版社

图书在版编目（ＣＩＰ）数据

扶贫札记 / 唐成著. -- 武汉：长江文艺出版社，2019.3

ISBN 978-7-5702-0575-2

Ⅰ. ①扶… Ⅱ. ①唐… Ⅲ. ①长篇小说－中国－当代 Ⅳ. ①I247.5

中国版本图书馆 CIP 数据核字(2018)第 199119 号

责任编辑：田敦国　周　聪　　　　　责任校对：陈　琪
封面设计：颜　森　　　　　　　　　责任印制：邱　莉　胡丽平

出版：　长江出版传媒　长江文艺出版社
地址：　武汉市雄楚大街 268 号　　　　邮编：430070
发行：　长江文艺出版社
电话：　027—87679360
http://www.cjlap.com
印刷：　武汉市首壹印务有限公司

开本：880 毫米×1230 毫米　　1/32　　印张：7.25　　插页：2 页
版次：2019 年 3 月第 1 版　　　　2019 年 3 月第 1 次印刷
字数：168 千字

定价：28.00 元

我本着不拔高、不矮化的原则来写这本书，目的是为历史留下一点真实的、有价值的资料。

　　　　　　　　　　　　　　　　——唐　成

目 录 ___Contents

第一章　进　村

一

　　2015年10月8日，局办公室小张送来一份文件让我签阅，是市委、市政府关于组建扶贫工作队文件，要求市直各单位安排一名思想素质高、工作能力强、有事业心、有培养前途，并且是单位骨干的同志担任工作队队员。文件还特别指出，本轮扶贫住村时间1至2年，计算基层工作经历，请各单位优先安排没有基层经历的同志到扶贫一线锻炼。对队长单位，文件在工作队员要求外加了一条，必须是局班子成员。

　　在人们脑子里，班子成员泛指党组成员。我不是局党组成员，应该不在人选之列，加之我有丰富的基层经历，这种机会应该让给那些参加工作就在机关的副局长。

　　然而，一把手却点名让我出征，理由是，工会主任也是班子成员，是局行政领导班子成员。

　　这样解释没有错。我打点行装准备出发。

　　10月17日，我接到一个陌生电话，对方自称是市委办公室工作人员小罗，同时也是市驻南山县扶贫工作团联络员，通知我第二天上午9

时赶到南山县政务中心三楼会议室，参加市驻南山县扶贫工作队誓师大会，并让我通知我的两名队员参加。

我申明，我不知道我的两个队员姓甚名谁。不仅如此，有关工作队的情况我均不知道。

小罗说，相关文件两天前已发到各单位。

可我没有看到，加之今天是星期六，明天是星期天，要看到这份文件可能要等到星期一。

小罗说那就算了，他来通知。

第二天，我提前半个小时赶到会场。见面后才知道，团长是我市委党校同学、市委办公室副调研员倪海洋。

他给了我一份文件，正是小罗昨天所说的文件，上面有我的名字以及要去的地方。

这时我才知道，我要到南山县大场镇长银滩村任扶贫工作队队长兼村党支部第一书记。

文件上还有我的两个队员名字：一个叫黄大明，市审计局副主任科员；另一个叫郑刚，市残疾人就业服务中心副主任。

参加会议人员陆续到场后，我找到了我的两个队员。

开始开会。

倪海洋介绍参会人员。我这才知道，除了我们9支工作队队员外，南山县委、县政府各来了一名领导，工作队所在乡镇的党委书记也来参加会议。说是誓师大会，实质是对接会议：市把我们交给县，县把我们交给乡，乡把我们交给村。会议结束后，大场镇党委书记金正德找到我们三个，要送我们到村。

到村的路必经大场镇人民政府，金书记要停车，说吃完中饭再到村。正在这时，金书记电话响了，是长银滩村骆河生支书的电话，问工作队接了没有，他们村干部在村委会等候。既然这样，那就直接到村。

前方的路和地形明显出现变化，弯度越来越大，坡度越来越陡，山峰越来越高。下坡后，左前方突然出现一片水域，好大好美的一个湖。

金书记说是富水湖，是人工湖，又叫富水水库，不仅是全县最大的水库，也是全市最大的水库。

早就听说过这个名字，今天才有机会一睹芳容。

金书记说，过去长银滩村就建在这个水库底下，1969年建水库时淹没了村庄农田，长银滩村从此消失，多数村民被转移安置到县城附近的乡镇，怎奈故土难忘，没几年工夫，这些人自发地、陆陆续续地迁回来。没有土地，他们便向荒山乱石索要，在半山腰或山顶开荒凿石安家。家安下来了，却不知道靠什么生存。望着一湖秋水，只能是望"湖"兴叹。政府不能坐视不管，不能走老路赶他们走，只能因势利导，鼓励他们种柑橘，措施是：栽三棵橘树领到一个粮油供应指标。那时人单纯，加之又没有替代办法，一个粮油供应指标硬是把满山石头改造为柑橘园。然而柑橘的价格30年不变，过去4角钱左右一斤，现在仍然是4角钱一斤，不仅如此，丰年还只卖到1毛多一点。不过，歉收之年可以达到1块钱一斤。这样的价格不说混成小康，连温饱都不能解决。改革开放之后，粮价放开，平价供应粮油取消，吃饭就成了问题。没有办法，不能靠水不吃水，最近几年开始搞网箱或拦河围汊养鱼，但是养鱼业对他们这些山里人来说是"半路出家"，鱼苗由嘉鱼人提供，成品鱼靠经销商收购，一头一尾利润被挤走，他们只能赚中间辛苦钱。由于"靠山吃山，靠水吃水"养活不了自己，全村80%的劳动力外出打工，留下的基本是老年人和一小部分中年人，所以这个地方穷。

此时我没有感受到穷，而是美，大美。

小车开始沿着湖边行驶，一边是烟波浩渺的富水湖，一边是金灿灿、油光放亮的香橘，将车和人置身于画中，好不惬意。

到达村委会。

4名村干部上前迎接。

金书记一一做了介绍。

我坐不住,要到湖边走走。

骆河生支书说快吃饭了,吃完再逛。

我等不住,宁可饿肚子也要先感受一番大自然的美景。

他们熟视无睹,我却处处新鲜。

我只顾看风景,对他们的话答非所问。骆河生支书说,长银滩很穷,工作队不是来扶贫,而是来受苦。

这句话我听清楚,我指着眼前的富水湖和身后的龙岩山说不对,工作队是来免费旅游的。

他们哈哈大笑。

这是一次漫长的"旅游",直到第三年二月底才离开。

二

骆河生支书把我带到一栋二层白色小楼前,说工作队今后就住在这里。

我想进去看看,骆河生支书说房东在外打工,已派人到她亲戚家拿钥匙,马上就会来。

过了一会,房门打开,进去后才知道是一栋旧房,分两个单元设计。

骆河生支书说整个二楼都给工作队。

上二楼,这才知道没有装修,墙上的红砖高低不平,房顶上还遗留着没有拆走的模板,地上堆放着几堆建筑渣土,并且没有水电,没有网线,没有房门,没有窗户,根本不能住人。

骆河生支书说放心,马上安排人装修。

装修这笔账肯定记在工作队身上,我怕把费用搞大,工作队没有装修这项开支,于是交代只把墙刷白、把水电安上就行了。

骆河生支书说不能太简单了,说我们是贵客,是请都请不来的贵客,是长银滩村自 1949 年以来第一支由地区派来的工作队,所以不能亏待。何况工作队还要在这里住五年,至少要来三批工作队员。

这里人叫地区叫顺口了。都宁市过去叫都宁地区,地改市将近 20 年。

听骆河生支书的口气,这笔费用由村里出。

要是这样的话,更不能豪华。

时间不等人,指挥部要来检查工作队到位情况。我给骆河生支书三天装修时间,三天后无论是否完工,工作队都得住进来。

还不放心,再三强调不能复杂,墙上最好用石灰水粉刷,家具最好用房东的或者找附近农民租借几件旧家具,不是怕花钱,而是为了减少装修污染。

说话算话,三天后我们住进来。

此时装修还没有完工,磕磕碰碰持续了上十天才结束。

三

房东骆旺贤大姐回来了,是一位 50 出头的妇女。

我叫她骆大姐,其实她年龄与我不差上下,只不过有些显老。她丈夫前几年去世,儿子儿媳在武汉打工,所以她长期在武汉带孙子。由于丈夫生病住院治疗欠了一些债,加之她与儿子儿媳分了户,所以她也是贫困户。

工程完工后,装修队包头找我结账。

我问他是不是找错了人。他说没有找错,找的就是我。

我觉得奇怪,装修师傅不是我请的,事不是我要他们做的,价不是我谈的,凭什么找我要钱?

包头承认不该找我,谁请他做事他就找谁结账这个道理他也都懂,但是找骆河生支书没有用,因为骆河生支书会说村里现在没有钱。他是本村人,几个村干部的脾气他摸得一清二楚,大多数日子是结不起欠得起,欠到何年何月没有谱。系颈寻大树,所以就找我,找我就能立马解决。

还有,这个房子是工作队居住,不是村委会干部办公,谁住就得谁出钱。

有几分道理。

不过自始至终我没有让村委会支付这笔费用的想法,尽管骆河生支书已明确地给我讲,由村里出资,但是我怕传出去影响工作队声誉,我们是来扶贫的,不是来增加村委会负担的。这笔钱我打算在工作队生活经费中开支。

市政府给我们每个工作队安排 20 万元经费,其中 5 万元是生活经费,15 万元是帮扶资金。

我表明,我不会直接跟装修队结账,原因很简单,我不知道工程量以及当初合同约定的价格。要结账,也得让骆河生支书一起来。

骆河生支书来了,当着我的面把装修队包头训了一通,说他不该打搅我,向我道歉。

到了这个时候,骆河生支书仍然坚持这笔钱由村委会支付。

我问怎么支付,进村第一天我就摸了他们的家底,长银滩村是四无村,即无村级集体经济,无县乡项目落地,无大户带动,无回乡人员创业,拿什么钱开支?

不能打肿脸充胖子,更不能拖欠农民工工资。

骆河生支书见我态度坚决,便顺水推舟。

事后我知道,村里虽然无集体经济,但不等于没有收入来源。村里每年有一笔可观收入,即财政每年给 30 多万元移民后补资金。

所谓移民后补资金,是因为兴建富水水库造成农民移民,对移民后出生人口进行生活补贴。按人头计发,凡是 1969 年 9 月 30 日(含 30 日)之后出生的移民人口,财政每月给予 50 元补贴,这笔钱由村委会统一掌控,用于移民开发。

有后补就有前补。前补的对象是水库未淹前、在库底下生活的农村居民,即 1969 年 9 月 30 日之前出生的移民人口,金额与后补一样。不同点是直补,直接将钱打到移民人口本人存折上。

该村一、二、三组几乎是移民人口,四、五、六组部分是移民人口。

我庆幸出了这笔钱,不然无意之中让村委会背了一个挪用移民开发资金的罪名。

骆河生支书给我一张清单,里面记载装修加购买家具电器的名称、数量、价格,一共是 7 万多元。

7 万多元?

我没有想到会有这么多,原计划这笔钱从工作队生活经费中列支。现在看来不可能,得另辟蹊径。

好在三家工作队组建单位非常支持,7 万多元费用由三家分摊。

四

装修队拿到钱后满意而归,可是知情老百姓不满意。7 万块钱不是小数目,在这里可以建一栋 110 平方米的空筒房。

有人找到我,并且不是一个人,说的是同一件事——说骆河生支书假公济私,用公家的钱为自己亲戚家搞装修。

是亲戚不假,到村第三天我就知道。但是这里的人彼此都是亲戚,还找不出不是亲戚的。这里有一个有趣的现象,彼此之间叫平辈也行,叫晚辈也可以，叫长辈也没有错，有几层亲戚关系，怎么讲都顺口，错了也有理。

可是有一点可以肯定，骆河生支书与房东骆旺贤不是至亲。

是不是至亲老百姓不关心，他们就是不想让私人讨好。在他们眼里，工作队应该住在村委会，装修的钱应该花在村委会房子上，这样才算合理。

有道理，我也觉得工作队应该住在村委会办公楼上。

村委会办公楼有三层，第一层办公，第二层是村小学用房，第三层空闲，工作队可以住在第三层上。

骆河生支书说不行，整座楼是危房。

此言不假，我也看到每层楼每间房都打有补丁。可是30名小学生可以在这里上课，工作队就怕死，就不能住进去？

骆河生支书说不怕一万就怕万一。三楼一直没有住人，要住就得进行必要的装修，但是整栋楼就像病入膏肓的人，只能吃补药不能吃泻药，万一装修时垮了就说不清楚。加之楼顶漏水，住人必须大修。

就是这么矛盾。所以工作队就不能住在村委会。

尽管老百姓不接受这个观点，但是多少消除了一点误会。

一波未平一波又起，我没有想到的是，房东骆大姐不满意，她说装修花了7万元实在是冤枉。她认为没有花这么多钱，平白无故让她背了一个贪了7万块钱好处费的恶名。

她的依据是：地上没有抹水泥，一扫地就起了一层沙；房顶漆黑，既没有抹平，也没有刷白；门没有包，还有几扇门没有装上；楼梯间的墙没有粉刷，留有几个洞好让老鼠串门；木沙发没有坐就掉了板。她很生气，说不叫装修，叫敷衍了事……并断定背后有名堂，叫我好好查一查。

我理解她的心情，大家都说她讨了硕大的便宜，她觉得委屈，认为自己没有得到那么大的好处。

此事还没有结束。过了一段时间,骆大姐从武汉回来,找到我,问我为什么取消她贫困户资格。

我说没有。

她说组长已通知了她。

我问骆河生支书有没有这回事。

骆河生支书说有。

之所以要取消她贫困户资格,是因为群众意见大,说工作队把她家装修得像别墅,每年还要给 4000 元租金……再当贫困户说不过去,干脆就给取消了。

有租金也不假,每年 4000 元。但是第一年不给,要扣水电安装费,到第二年才有。

骆大姐见我不知情,发了一顿牢骚就走了。

五

工作队驻地位于一组与二组中间位置,叫大泉口。

过去没有修富水湖时,这里有一口泉水井,涌出的泉水冬暖夏凉,并且流量很大,所以叫大泉口。现在被湖水覆盖,变成了一道湖汊,大慈公路在这里弯了 4 道弯才有直路可走。

大泉口一共有 13 户人家,沿湖依山而建,属一组地盘,距离村委会有三里路程。

从地图上看,这里是长银滩村中心位置,村委会建在这里更合适一些。

之所以没有选择这里,不是当地人没有眼光,而是历史原因造成。

过去的长银滩村叫长银滩大队,辖三个生产队,即现在沿湖一带,大队部设在中间生产队,即现在的二组。区划体制调整改革后,大队改村,生产队改组,小村合大村,长银滩村与山上的龙岩村合并,组建新的长银滩村。过去的龙岩大队由 6 个生产队组成,大队部设在苦桑岭。两村合一村后,老龙岩村 6 个生产队合并成三个组。由于老长银滩村在水库边、公路旁、名气大,加之老龙岩村出入必须经过老长银滩村,这样老长银滩村便自然而然地取代了老龙岩村,成为新村代名词。

大泉口是山上三个组即过去龙岩大队的山门,同时也是山上循环公路的进口和出口点,两口之间的距离只有 100 来米,所以说大泉口地理位置特殊,应该成为长银滩村人流物流中心。

然而这里却非常冷清。

开始我还没有感觉到这种状况,因为大慈公路改造工程指挥部就设在这里,每天有 20 多名修路工人进进出出,加之村卫生室和公交停靠站设在这里,看起来还非常热闹。

随着公路改造工程完工,筑路工人撤走,加之村卫生室程进呈夫妇搬进县城居住,这才感觉到大泉口是一座被遗弃的村庄。

尤其是晚上,公路没车,湖里没船,路上没有行人,周围黑灯瞎火,加上山风裹挟着湖风,发出的怪叫声一阵接着一阵,让人不寒而栗。

大泉口有 13 户人家,和我们做伴的只有陈敬珀、徐尔娥夫妇。两位老人接近 70 岁,四个女儿都已出嫁,两层楼的新房显得有点空荡。两位老人非常勤劳,日出而作,日落而息。到了晚上,整个大泉口只有工作队房间有灯光,老远就都望到,格外醒目。同时也在提醒行人和过往船只,这里不是无人岛,这里还有守夜人。

六

慢慢我适应了当守夜人。

既然是守夜人,就要出去巡查。

虽然没有巡查任务，但是我有晚上散步的习惯，一个人在湖边、山脚下行走，是别样的惬意。

风高月黑之夜，我怕惊吓村民，隔着老远故意咳出声来，是在提醒对方我是人不是鬼。这里村民仍然相信鬼神的存在，红白喜事都喜欢请风水先生来鼓捣一番，这才放心行事。

走着，走着，我突然想到要做一件事——数灯光。

不是无聊，是想做一项调查，看村里到底有多少人多少户在家。有人才亮灯，灯光就是人气，就是在家务农户数，得出在家户数就等于知道在外打工户数。

在此之前还没有人能准确说出全村在外务工人数，领导问起来，一次一个答案。好在这是个动态数字，每次答案不一致也没有人追究。但是，不能老是凭印象和感觉回答问题，还得有个接近准确的数字。

主意已定，我便有事可做。

当然，此项调查仅限于湖边三个组，山上三个组山高路远可望而不可即。

方法是很简单，有时一晚上数遍三个组，有时一个组数几轮，插花轮流，间距时间不宜过长。

每晚数字不同，但是区别不是很大。

一个月下来，得出一组数字。

还不能下结论。为了保险起见，白天进行走访。特别是山上的三个组，完全靠走访掌握数字。好在上面三个组在家的人数户数屈指可数，掌握到的数据更加接近事实。

得出了一个结论：长银滩村在家的人数是 373 人 91 户，其中一组 110 人 27 户，二组 93 人 23 户，三组 63 人 15 户，四组 70 人 17 户，五组 19 人 5 户，六组 18人 4 户。

现在可以回答在外打工人数。

问题又来了,骆河生支书给我的全村数字是 386 户 1472 人,而统计报表上的人数是 306 户 1316 人。

到底以哪个为准?

可以肯定地说,都不是准确数字。除了计划生育瞒报人数外,关键是人员流动频繁,并且具有不确定性。有人外出打工几年不回,有人几年不与家人联系,甚至有人断了联系,说不定哪一天回来时,多了一群人或者少了哪一个也说不清楚。

七

我在长银滩待了一年四个月时间,最有人气的日子不是过年,而是清明节和七月半(中元节,俗称鬼节),如果不是特殊情况,外出打工人员一般会在这两个日子回乡祭祖。

不过,都是来去匆匆,许多人只听说回来过,却未能谋面。

在这两个节日里,白天你感受不到人流,但是晚上气氛浓厚,漫山遍野的灯光就是游子回家的记号。

这里祭祀流行点长明灯,就是在先人坟茔上点上一支祭祀专用蜡烛,如果不起大风,蜡烛可以燃烧 72 小时,也就是三天三夜。

八

大泉口 13 户人家,我只见到 6 户。除了上文提到的两户外,还有 4 户我也见到过。

工作队隔壁一户是移民回迁户,由于回迁晚,集体田地分完,他们便在山上开荒造地,栽了上千棵橘、李、桃、枇杷树。同时他们也是半边户,男主人在县化肥厂当工人,现在退休了。女主人是农村户口。20 世纪

90年代,他们全家搬到县城居住,在县城购置住房。这对夫妇经常开着小四轮回家打理农活,特别是水果成熟季节,每次都是满载而归。

还有三户都是贫困户,其中一位是单身汉,人到60还是单身,以打零工度日,偶尔回村小住。

4户中,在家时间相对长些的是贫困户陈敬柳,每年暑、寒假都会回来,并且带着老婆、女儿、儿子一起回家。严格地说,他是被动进城打工,因为女儿在县城读高中,他便带着全家进城陪读。像他家这种陪读情况很少,一般人家是由老人或者老婆进城陪读。他家没有老人,老婆有病自理能力差,儿子眼睛不好,他是家中顶梁柱,全家人都需要他照顾。

最后见到的一户贫困户回家有点特殊,说起来有点心酸,户主因为脂肪癌和尿毒症到了晚期,他不想死在医院,也无钱住院。他的妻子也是患尿毒症去世,两个病人把全家拖垮,花光了家中所有积蓄,还欠下一大笔债。生命进入倒计时,他不愿客死在他乡,执意回家等死。

大病是致贫的最大杀手,何况他家是两个病人。

他走了,大泉口又只有工作队和陈敬珀两家人。

在长银滩村唱空"村"计的不只大泉口一个湾,各组都存在,尤其是五、六组较为严重。

五组开群众大会得在县城召开,因为95%的组民居住在县城。少数服从多数,组长得搭车去县城主持会议。

像我这样当守夜人的还有一户人家,就是五组窦家山自然湾85岁的徐生友和75岁的陈敬花夫妇。

过去我只知道年轻人喜欢外出打工,现在遇到整湾"出走",还真有点脑筋急转弯转不过来。过后细想是好事,人往高处走,水往低处流。

出走是为了更好地回来。

第二章　寻求援军

一

由一名县级干部、两名科级干部组成的工作队不能不说力量强大，不能不说是高配。

高配应该高水平、高效率，然而我没有感受到强大，相反还有几分孤独和无奈。

按照文件规定，工作队员由思想素质高、工作能力强、有事业心、有培养前途，并且是单位骨干的同志组成。正是由于我相信这个文件，所以驻村前单位为我配了一名年轻大学生，我没有要。我想，人不在多在于精，三个人够用了。

我的想法大错特错，到村后就开始后悔。其他问题不说，就说年龄，我的两个队员居然都比我大。

当然年龄大并不等于素质差，不能歧视老同志，谁个不老？

老雷是市残疾联就业服务中心主任，58岁进59岁，有效工作时间也就是一年多。按理讲，这个年龄的人一般进入半上班半休息状态，不会给他压重担，更不会派他住村。

他们单位最初方案不是他,而是小郑。

市残联人少、女同志多,住村这种事一般安排男同志。他们单位只有 5 名男同志,其中 2 位是领导,这样扶贫工作队员只能在 3 名男同志中产生。第一人选是办公室副主任小孟,可是小孟是单位笔杆子,写材料离不开他,只能排除掉。第二人选是残联二级单位残疾人就业服务中心副主任小郑,人年轻,也机灵,最适合文件对工作队员的要求。残联报了他的名字,还写进文件里,他也参加了誓师大会,还跟我一起到村里报了到。然而他却没有来,没来的原因有四条:一是领导安排他住村没有取得他的同意,参加誓师大会、到村里报到是顾全大局的表现,并不等于答了住村;二是他已经住了两年村(过去叫"三万"工作队),不能老让他一个住村,这种事最好轮流来,一人住一年过,方显公平。事实上,这种做法许多单位在实行;三是他的小孩出生不久,妻子一个人照顾不过来;四是家有 70 多岁老母,长期卧病在床,需要人照顾。

于是他就不来了。

年轻人不去只能让老的去。

老雷是第三人选,不去也有一大堆理由。除了年龄原因外,关键是身体吃不消,他有"三高",特别是高血压非常严重。

不让他住村非常符合情理。

少的不能去,老的不能去,总得有人去,总不能让一把手本人去。

其实有一个人愿意去,单位副职,残联副理事长。

一把手却不敢拍板,因为他不知道这名副职是真心还是开玩笑。权衡再三,还是做老雷的工作,让老雷去。

没有想到老雷竟鬼使神差地答应了。

所以他晚我们半个月到工作队报到。事实证明,他的身体的确不行,几个月时间就住了两次医院,最后一次是凌晨四点被急救车拖走。尽管这样,他出院后还是来住村。不同于以往的是,他的体质越来越差,一边身子有些麻木，不能爬坡、走远路。我曾与他单位一把手沟通过换人，一把手不同意他也不同意。

再说老黄。

老黄比老雷小 4 岁，是市审计局住村专业户，已有 5 年住村历史，经历了"小康"工作队、"群众路线教育"工作队、"三万"工作队，以及这次精准扶贫工作队。

在指挥部印发的《工作队花名册》上，他的职务是审计局副主任，其实是副主任科员。严格地讲这个副主任科员也名不副实，因为他是工人身份，工人不能当干部任职。在住村之前他是司机，由于年纪大和不懂审计业务，所以就住村。这一住就一发不可收拾，成了住村专业户。他也乐此不疲，说要住到退休。

初次见面，老黄给人的感觉还不错，一身西服，头发梳得油光放亮，方正的脸上泛着红光，讲着一口带有广腔的普通话，有文人学者的风范。

二

老雷没来时，我和老黄在骆河生支书的带领下翻山越岭入户调查。

精准识别是扶贫工作首项任务。

虽然村委会有贫困户资料，但是很简单，达不到精准程度。我想为每一户贫困户建一份档案，内容包括户主照片、家庭成员信息、收入情况、致贫原因、脱贫需求等。

山上没有手机信号，在大山中游走犹如与世隔绝。

走着走着却听到手机铃声，四处张望这才发现是自己的手机在响。明明没有信号，电话是怎么打进来的？

骆河生支书说，山上有 3 处地方有信号，是邻县新阳县的，属于长途。

接通电话,是纪委暗访组打来的,问我在什么地方。

我如实相告。对方显然不信,认为我在扯谎。他说他打了三个电话才打通,手机上显示的号码前面几位数是新阳的区号,证明我不在都宁境内。

对方没有来过长银滩,当然不知道这里的异象,怀疑有理。

我让骆河生支书跟他讲。

对方有一套反扯谎经验,问骆河生支书大场镇书记、镇长叫什么名字,工作队队长、队员叫什么名字。回答正确后才相信骆河生支书不是冒牌货,才相信工作队在住村地方工作。

还是第一次这么严格。

过去住村就是点个卯,一年去不了几次,甚至不去也没有人抽查。现在不同了,文件明确规定,扶贫工作队员必须全脱产,在村时间每月必须在 22 天以上,也就是说家里的事你就不要管了。

虽然有规定,但是信的人不多。过去也有脱产住村的规定,但是没有人执行。天长日久,大家不相信规定,只相信实事。以为这次住村也是这样,家里的会议照常通知我参加,我不能到会,一次两次尚可,到了第三次就有反应了。一把手说我拿住队来搪塞他,谁没住过队,谁不知道里面的名堂。

他还抱着老皇历看问题。这一次是说到做到,不放空炮。

不仅是脱产住村的问题,而且还是提头来见的问题——完不成脱贫任务,头上的乌纱帽就要被摘掉。

书记、市长说,在摘掉他的乌纱帽之前,他先要摘掉手下人的乌纱帽。

当然也包括我这个工作队队长。

为了实施有效监督,市扶贫指挥部要求每个工作队安装固定电话,并上报房东名字、房东电话。只有固定电话、房东电话、工作队电话内容一致，才能证明工作队员没有说假话。

指挥部办公室还经常晚上打固定电话来布置工作，其实是检查你在不在村。

放下电话又接到一个电话，是市政府洪中华副秘书长来电，说颜飒爽副市长要来长银滩检查指导扶贫工作，要工作队做好汇报准备。

汇报？拿什么汇报，我也只来长银滩三天，长银滩的情况我还没有完全弄清楚。

长银滩村是市委、市政府确定的全市 35 个重点帮扶村之一。市委、市政府对重点帮扶村非常重视，指定一名市级领导干部挂点，一支市级工作队驻扎，一定五年，市财政每年给 20 万元帮扶资金。

长银滩村是颜飒爽副市长联系点。

颜飒爽副市长分管农业，同时担任全市精准扶贫指挥部副指挥长。整个都宁市对扶贫工作非常重视，书记任政委，市长任指挥长，副书记任常务指挥长，分管农业副市长任副指挥长。县市区参照市里做法，配备扶贫指挥机构。

市长要来不能不重视，何况长银滩村还没有地市级干部正儿八经来过，必须立即向镇党委和镇政府报告。

然而又没有信号。

我说要解决这种现状，要在山上建一个移动信号发射基站。

骆河生支书说好，老百姓会喊工作队万岁。

三

下山路上遇见一位老人，我主动上前与之攀谈。骆河生支书一旁介绍，说他是 6 组低保户，叫龙仕新，今年 79 岁。

他养了4个儿女，没有一个跟他姓，也没有一个跟他爱人姓。老伴2001年去世，3个女儿全部出嫁，唯一的儿子在外打工，已有4年没有与他联系，如今他一个人过日子，有些孤独。

龙仕新老人说，他34岁来到长银滩村龙岩湾，到寡妇赵细红家顶门（顶替丈夫）。之前他一直未婚。赵细红的丈夫去世时留下三个女儿，大的只有11岁，小的还在娘肚子，家庭十分困难。他扛起了家庭重任，真心实意地与赵细红过日子。不久，赵细红的小儿子出生，他又多了一份做父亲的责任。一年后妻子怀孕了，这次怀的是他儿子，他高兴得嘴都合不拢，然而老天不公，妻子得到子宫瘤，孩子不能留不说，妻子的子宫还得拿掉。为了妻子的生命，他选择了手术。从此妻子不能再怀孕，他无怨无悔，只要妻子健康他就舒心。

日子一天天艰难地过去，三个女儿陆续出嫁，好日子就在眼前，然而妻子却撒手人间，他悲痛欲绝，把全部的爱给了小儿子。

小儿子也大了，也走了，到浙江砖窑厂打工。他一个人很孤独，盼望孩子们节假日来看他，给他电话。有时他也去女儿家，由于不是亲生的，因而特别在乎女儿的脸色，稍不如意他就会伤心，有时一个人偷偷大哭。总的来说女儿对他还不错，特别是二女儿跟他侄儿结婚，亲上加亲，等于是他的女儿兼侄女。

现在他最担心的是小儿子，40多岁了还没有结婚，他怕九泉之下的妻子说他没有尽到做父亲的责任。其实，他想抱孙子，也想问一下儿子什么原因，蓦然间他发现，父子之间共同语言不多，话越来越少，发展到现在几年不打照面，几年不通电话。他知道儿子在外打工很辛苦，不奢望儿子经常回家，只希望过年时一家团聚，实在不行打个电话也行。

然而，儿子4年没有回家，现在是杳无音讯，他茫然不知所措。

说着说着，龙仕新老人流下伤心泪水。

我对骆河生支书说，应该为龙仕新老人申报五保户。

骆河生支书说想到,是他不要。他说自己有儿有女,日子还过得去。

我问龙仕新老人想不想当五保户。他说无所谓,现在最大的心愿就是有朝一日儿子带着媳妇、孙子突然出现在他眼前。

四

颜飒爽副市长来了,同时带来了三个工作队单位一把手。

南山县相关领导也来陪同。

颜飒爽副市长一行考察了桃园、橘园、移民安置点,还特意到工作队宿舍兼办公室走一走,然后到村委会召开座谈会。

骆河生支书第一次见到这样的大领导,汇报时有点紧张,说话不大流畅。好在镇党委书记情况熟,他全面地介绍了长银滩村的情况。

我还没有吃透村情,只能简单地讲了一些想法。

市直单位领导、南山县领导作了表态性发言。

大家讲完后轮到市长讲话。

颜飒爽副市长说,她这次来长银滩是三件事:一是认个门。二是看望工作队队员。三是摸一下情况。

三句话说得我心里暖和和,顿时有了"工作队不是孤军在奋斗"的感觉。

当然不只是这三件事,还要谈想法提要求。

一共是五点要求:一是建立协调联络机制。颜飒爽副市长要求工作队进村后,要依靠当地党委政府开展扶贫工作。县乡要建立协调联络机制,镇政府要指定专人做好联络工作;二是走访困难户。颜飒爽副市长要求工作队对长银滩村建档立卡的 65 户困难户进行再识别,要户户走到,建立工作队自己的贫困户档案;三是拿出措施。情况摸清后,工作队要拿出扶贫措施,一户一策,对口包扶,结对帮扶,要像走亲戚一样,送钱,送物,送温暖,送技术;四是搞好开发。对有意愿发展种植业、养殖业的贫困户,要做好培训工作,提供资金和贷款。五是发展集体经济。要引进能人、老板来长银滩村发展旅游业、种养业,承包荒山,连片开发。同时要求县政府在发展项目时,要考虑安排在长银滩村,不能把长银滩村遗忘。

颜飒爽副市长还拍板上两个项目:一是打通五组至龙岩山循环公路,也叫通村公路;二是在山上建一座移动信号基站。前一个项目由县政府出钱,后一个项目由工作队联系。两个项目都由工作队督办,下次来时要见效果。

上车前,颜飒爽副市长对我提出一个要求,要我把扶贫气氛营造起来,把扶贫政策、工作队职责、贫困户名单、帮扶措施、项目规划等资料挂在工作队住所墙上,让老百姓知晓扶贫政策,让老百姓监督工作队行动。

五

颜飒爽副市长走了后,我收到指挥部发来的 QQ 文件,要求工作队填写本村贫困户资料,并上传到网上。

文件附有一张《入户调查表》,里面栏目很多,有 18 大类、上百项内容。

我实验了一下,填写一张这样的表格得花上一个多小时。前提条件是熟悉情况,如果不熟悉情况,一天只能填 4 张表。

为了加快进度提高效率,我决定带笔记本电脑入户调查,这样可以省去录入纸质版环节,直接把调查到的资料现场输入电脑,变成电子版。

想法很好,电脑却不配合,开机只有 3 个多小时就没电了。

又回到原始办法。

晚上充电开机，有部分资料丢失。

不能凭印象补齐，精准识别重在精准两字。叫老黄把他的笔记本拿来补充。

翻开才知道，不叫笔记，叫天书。我看不懂里面的内容，问他是什么意思，他也看不懂。

不能怪他，他是广西人，南山话他听不懂。

这里的农民只会讲家乡话，但是能听懂普通话。

我是安咸人，安咸话与南山话有点区别，但是区别不大，加之长银滩与咸安相邻，两地的话基本一致。

第一次开会时我讲普通话，第二次我讲汉话，第三次我讲安咸话，得到他们的认同，以后我就讲安咸话。

入户调查结束后，老雷来报到，正好许多事要做，分工分头负责。

当务之急是整理入户调查资料、填报入户调查表，以及编写上墙宣传资料，还得写一个长银滩村贫困户调查报告给市长和指挥部。

然而无法分工。

他们两个都不会电脑。

这个问题我没有想到，来村之前我还特意安排信息中心调剂两台旧电脑给我带到村里，没有想到他俩不会。

开始我还有点不信，以为他俩不想做事。因为昨天老雷、老黄双双来到我的宿舍，非常严肃、也非常正式地给我讲，要笔记本电脑。

也许他们以为我手头的笔记本电脑是用工作队经费购买，依此类推，队长有，队员也应该有。

我说我的笔记本电脑是单位所配，用了一年多，是一台旧电脑。

他们说知道，说工作队经费肯定有结余，买电脑是工作需要，又不是乱开支。

很有道理,我答应考虑。

然而今天他们就说不会。是因为没有得到笔记本电脑而"罢工"?

完全排除,两台台式电脑空在那里一直空着,没见到他们沾过。

还真是问题,不能什么事让我来做,一个人的精力有限,当务之急是撰写《长银滩村 65 户贫困户调查报告》。

写文章他们更不会。一个 15 岁当兵,一个 16 岁当知青,都没有读多少书。参加工作后,一个当司机,一个做生意,机关公文基本是门外汉。老雷会一点,但是前期没有参与入户调查,情况不熟。

扶贫指挥部办公室又来指令,《入户调查表》不仅要打印稿,还要附上电子版。

找骆河生支书要人。村干部没有会电脑的。村两委一共 5 个人,2 个 20 世纪 50 年代出生,1 个 20 世纪 60 年代出生,骆河生支书和计生专干程至富是 20 世纪 70 年代出生。

拓展到全体村民。答案是:会的在外打工,不会的在家务农。

请求大后方支持。单位一把手说,当初给你配一个助手你不要,现在叫谁去?

我悔不当初。

只剩下一条路,就是自己动手丰衣足食。

白天要干面上的事,晚上加班加点整理资料填表。

就在有点眉目时,QQ 群中又弹出一条信息,是指挥部文件,赶紧下载。

点开,人要崩溃,之前所填入户调查表不行,换上全省扶贫指挥部设计的表格。当然有许多雷同的地方,但是还得一笔笔输入。

群里同仁开玩笑,号召大家不要急于填写,也许还有一张全国统一格式的调查表等着。

真被言中,真有一份全国统一格式的调查表。

六

我实在没有精力来应付这些表格,请求援军。

正在这时,南山县人社局局长胡虎冰来看我,问我有没有困难需要他们解决。

正对我路,说到我心坎上。我不再客气,提出三个要求:

第一,派一名会电脑的年轻仔来帮我三个月;第二,为每个组安排一名清洁工,工资从公益性岗位中解决;第三,举办一次种养殖技术培训班,为村民讲授香菇、黑木耳等食用菌种养以及水果栽培、淡水鱼养殖技术。

胡局长照单全收。

第三天,南山县人社局工会梅主席就把人给我带来。

梅主席指着随行的小伙子对我说,就是他,叫吕炜,九宫山人社中心骨干,已参加工作四五年,绝对符合你的条件。

我望了一眼小伙子,第一感觉是帅,第二感觉是身体棒,第三感觉是单纯。

吕炜的母亲也跟着一起来。她对儿子有点不放心,毕竟吕炜是家中独生子,年龄还不到 30 岁。儿媳在县公安局上班,还有一个 3 岁的小孙子。

为了吕炜的到来,我还特意为他准备了一套铺盖。

吕炜说不用,他有一台小车,早出晚归。

这样也行,但是工作队不能承担小车费用。

梅主席说不用承担。来之前与胡局长商量好,吕炜在市工作队上班,享受南山县扶贫工作队待遇。

这样最好,不能让人无名无分白干一场。

七

吕炜很自觉，也没有临时思想，每天早上9点之前赶到工作队住所，下午都是我催他走他才走。

我担心天黑不安全。毕竟人家是独生子。

吕炜的工作不只是填报表。

由于许多工作必须在电脑中进行，所以大事小事离不开他。有时外边来人，我要到山上考察，还得动用他的私家车。他除了当司机外，还要当摄影记者和文字记者，考察完了之后就写信息，向指挥部报送工作队动态，许多信息被指挥部和报刊采用。

不到半个月，他把全村情况装进脑子里。

有一次，我在山上陪福建商人考察基地，市指挥部检查组来长银滩，吕炜一边与我联系一边接待客人，等我忙完后赶回工作队，检查的人要走。我还以为对方生我的气，没有想到他们已经完成任务，该了解的情况吕炜已经汇报清楚了。检查组还表扬吕炜情况熟，说话有条理。

当得知吕炜是一名"临时工"时，检查组更是赞不绝口。

全国统一格式的《入户调查表》下发后，为了在规定时间内完成任务，减少上下班途中时间，我让吕炜带着资料在家中填写。

正常情况下没有十天半月填不完，他却只用五天就结束战斗。

五天他没有离开家半步，吃饭填表，填表吃饭，每晚都要加班三个小时。

这期间，我还让他替我参加一个会议，是南山工作团阶段性总结会议，指名要队长参加。由于那天正好是长银滩村种养殖技术培训班开班，县就业局、培训学校、专家教授来了一大批，老百姓反响也强烈，开幕式不能没有我这个主角。

我这边进展很顺利,开幕式结束后我想到吕炜那边会议,正好他打来电话,说会议已结束,效果很好。他说他汇报了三点:一是前阶段的工作;二是需要解决的问题;三是下一阶段的打算。大约讲了十分钟,团长还表扬他讲得好。

让我惊奇的是,他讲的观点与我如出一辙。

难道他是我肚子里的蛔虫?

他说不是蛔虫,是跟屁虫,每天跟我在一起,时间长了,耳濡目染,不会也会了。

我认为不是时间的问题,而是用心不用心的问题。我们队长在一起开会时,有队长说,他们工作队有个队员,在村里住上一年半载却连村里基本情况都说不清楚,一问三不知,这样的队员就别指望他做事。

时间过得很快,三个月就要到期,吕炜所做的工作超越了我的预期,贫困户建档立卡工作基本完成,过完年之后吕炜不再来工作队上班,到了该说声再见的时候。

老黄、老雷建议我给吕炜表示一点,或者发点钱,或者发点纪念品,更何况马上就要过年,发点过年货也合情合理。

但是不合法。

谁敢与中央八项规定对着干?

吕炜走了,让我没有想到的是,又来了两名年轻小伙子,一个叫薛猛,大学本科毕业,是市人社局法规科科长;另一个叫胡维,硕士毕业,是市人事考试院副院长,同时也是市委招硕引博人才。两个人不是扶贫工作队队员,是"三万"工作队队员。好在扶贫工作是"三万"工作的重头戏,两套锣鼓一起打,我兼任"三万"工作组组长。

他们的任期只有四个月,但是对我来说已经是非常奢侈了。

第三章　村组干部

一

我到长银滩村报到时，4 名村干部在村委会迎接，当时我以为长银滩村就是 4 名村干部，后来才知道，还有一名不拿工资的支委。

我问骆河生支书为何多了他一个。

骆河生支书说村干部也有职数，一般是 3 至 5 人，大村 5 个，小村 3 个。长银滩村属于小村，应该配 3 个。由于计划生育是国策，所以增加了一个计生专干，这样就是 4 人。村两委选举结束后，出现 5 名村干部，必须有 1 人不能拿工资。

支书兼村委会主任、支委兼常务副主任、村委兼文书、村委兼计生专职干事，这些人都是实职，要干事，必须拿工资，只有一名支委没有实职，所以就没有发工资。

我说这名支委虽然没有工资，但是他的身份仍然是村干部，村里的活动还得邀请他参加。

骆河生支书说有时请了，有时没有请。之所以出现这种现象，主要是因为他不愿意参加，理由是开会就不能做事，他没有工资，不做事就没有钱,没有钱就没有饭吃,所以就不来开会。他还说,参加可以,得发误工费。标准按南山县农村建筑市场大工计算,一天200元。

村干部每月工资就是450元,请他开几次会就超过这个数字,所以能不请就不请。

真不请他也有意见,他说上级精神他要知道。

要求合理,但是请他成本太大。想去想来,两套锣鼓一起打。由于他兼任一组组长,之后多开村组干部或党员大会,少开村干部会议,这样等于为村里节约了一笔费用。

我问骆河生支书,工作队来长银滩后群众知不知道。

骆河生支书说知道,但是不清楚来意。

我说有必要开一个村组干部、党员座谈会,我把我们工作队来长银滩干什么给大家讲清楚,顺便征求大家对工作队、对村两委、对村级经济有什么好的意见和建议。

骆河生支书说行,马上布置。

会议地址就在村委会会议室。

说是会议室,分明是一间废弃了的教室,黑板、讲台、桌椅样样齐全,并且按学生上课的样子原封不动地摆放,连墙上的标语和张贴画都没动。既然是会议室,就不能是教室的样子。我说把讲台撤走,座位也不要像学生上课那样摆放,摆成四方形,大家围坐一圈,便于交流。

骆河生支书问四方形怎么摆。

我拖了几张桌子,摆出一只角的样子,其他三只角照葫芦画瓢。

骆河生支书马上明白怎么摆放,不过没有主席台领导坐什么地方。

我说坐台下。

骆河生支书对没有主席台还不习惯。

我说不是什么会议都设主席台,调研、征求意见、需要大家发言的会议都可以不设主席台。

骆河生支书说明白,马上安排人布置会场。

二

通知九点钟开会。

我八点半从工作队住所出发,到达会场时八点四十分。

会议室只有几个老同志坐在里面聊天。骆河生支书说所有人都通知到了,多数人还在路上。

我问有多少人开会。

程至裕文书说大概20人。

20人?这么少。长银滩村有32名党员,10名村组干部,减去2名重复计算的党员村干部,理应有40人参加会议。

我说不是只来一半,还有人呢?

程至裕文书说只有这么多。他掐着指头算给我听:村组干部10人,常年在家的党员八九人,其余党员或在外打工或跟子女住在城里,估计能赶回来开会的也就是五六个人,这样加起来也就是二十来人。

账算得很清楚,的确只有这么多。

到了九点,我说开会。

骆河生支书说不慌,人还没有到齐,建议我到隔壁农家书屋去看书。

不是农家书屋,其实是村委会办公室,墙上贴满了村规民约以及各类领导小组构建图。麻雀虽小五脏俱全,县乡政府有的机构,村委会也有。

我没有心情浏览,随便瞟了一眼。倒是长银滩村地图吸引了我。

正在寻找长银滩村地图,没有想到得来全不费功夫。

找了很多地方都没有找到,甚至上了百度、谷歌地图搜索,找到的都是没有边际的地图,现在有了这张地图,可以以此为蓝本,描绘出一张长银滩村精准扶贫作战图,挂在工作队住所墙上。

然而我看不懂。

本来很简单,上面就是六块位置六种颜色,一个组一块位置一种颜色,标注组名和地名。

看不懂是因为与我所掌握到的方位不对,到底是我情况不熟,还是地图有误。我叫来骆河生支书、程至裕文书,问这张地图是谁制作的。

程至裕文书说是根据镇政府的地图进行加工的,就是把长银滩村那一块剜下来,就变成了长银滩村地图。

聪明,但是抄都没抄对,上面的地名抄错了。

骆河生支书、程至裕文书异口同声地说没错。怎么会错呢?是从镇政府地图上复制下来的,要错就是镇政府弄错了。

我拿着扫帚把子,指着大泉口位置,然后沿着循环公路进口往前推移,第一站应该是下天井,第二站应该是苦桑岭,第三站应该是黄泥立,第四站回到大泉口。

经我指点,程至裕文书说真的搞错了,把黄泥立搞成了下天井,把下天井搞成了黄泥立。

骆河生支书表扬我,说队长有眼光,这张图挂了五六年他们竟然没有发现有错。

我说不是眼光问题,而是责任心不强的表现。

骆河生支书说怪只能怪太相信领导。

我说镇政府搞错了情有可原,你们熟视无睹不行。因为你们是长银滩人,一眼就知道对和错,而你们却居然五六年没有发现问题。

他俩笑起来。

到了九点半钟,我说人应该到得差不多了,开会吧。

骆河生支书说再等一等,还没有到齐,县城居住的人还在车上。

只能看书。

所谓农家书屋,就是两个铁皮柜装上一百多本图书。估计都是上面统一配送的,门类多、品种杂,一样有几本,翻了几页就不想看。但是人还没有到齐,不能不看,不然拿什么打发时间。

到了十点钟,人还没有到齐。我说不等了,开会。

三

会议由骆河生支书主持。

人还是没有到齐,陆续有人进场。

骆河生支书把我们三位工作队员做了简单介绍,然后把村组干部和参会党员一一向我们作了介绍。

至此,参会人员基本到齐,我数了一下,有 21 人。

这是我来长银滩村召开的第一次村组干部、党员大会,许多人是第一次见面,所以每个人我都跟他点头打招呼。

一个圈下来,给我的印象是三点:一是老同志居多;二是没有人记笔记;三是纪律松散。给人的感觉不是在开会,而是在菜市场买菜:有的人坐没有坐相站没有站相,有的人叼着烟、跷着腿,有的人交头接耳开小会,有的人大声接电话。

骆河生支书讲了几句客气话,然后请我讲话。

原计划讲四点,现在增加一点,就是会场纪律。

第一次见面应该讲客气话,但是现场的气氛让我无法客气下来。我说,我从小在农村长大,在粮食部门收购粮食与农民打过许多年交道,进城后在两个地方农村住过队,一路走来接触了许多农民及农村干部,但是还没有一个地方的农民像你们这样吊儿郎当,通知 9 点钟开会,十点钟人还到不齐。到了之后,一个个当"厅长(听长)",只带耳朵不带手,没有人记笔记。一般党员不记笔记也就算了,但是村组干部不能不记笔记,特别是组长,你们还有传达会议的任务,回到组里还要向全体组民传达会议精神,你不记笔记回去怎么传达?你以为你脑子好使,都记得下来,告诉你不是这回事,俗话说得好,好记性不如烂笔头。在这里,我给大家提一个要求,今后开会必须记笔记。

见我这样说,骆河生支书马上让村委会常务副主任程礼荣到隔壁办公室拿来了笔记本和笔,每人发了一套。

我接着说,大家都是村组干部、党员,在老百姓面前要树个好形象,然而你们看看自己,有的同志坐没有坐相,站没有站相,叼着烟、跷着腿、大声接电话,哪像是在开会?干部要有干部的样子,除了好形象,还要好言行,要在人群中一眼就能看出你是干部、你是党员,如果做到这一点,那么长银滩的老百姓就有福气。

我边讲边观察,有效果:身子坐端正了,烟头丢了,手机也调到了静音,会场鸦雀无声。

接下来我讲正题:一、扶贫工作队为什么要来长银滩?二、工作队的任务是什么;三、工作队与两委是什么关系;四、近期要做的工作。

我讲完了,请大家围绕我这四点进行讨论,并提出意见和建议。

开始没有人讲话。我点将,请几位年龄大的同志先讲。

话闸拉开后,大家争先恐后发言,提了一大堆意见和建议。

最后我做了梳理,除了4名村干部没有讲之外,17个同志讲了56条意见或建议,涉及4大类17个方面的问题。我说4大类17个方面的问题样样重要,工作队将会同村两委拉出一个清单,逐步落实到位。

会场响起热烈掌声。

散会后,骆河生支书说我讲得好,说我敢批评人、敢得罪人。

我说不得罪人就得罪事业。

骆河生支书说今天开会的人给了面子,要是往日,可不是这个样子。

什么样子?

骆河生支书说"三个一",即一顿牌(斗地主),一包烟,一餐酒。无论是几点钟开会,先要过足牌瘾。如果是上午开会,那么就打到 11 点钟;如果是下午开会,那么就打到 5 点钟,留出一个小时开会。上会议桌后,一个人得有一包烟。还不能发早了,怕有的人拿到烟后提前退会。会议结束后就得吃饭,吃饭就得喝酒,不喝一个三分醉不下桌……今天是工作队来了之后的第一个会议,没有出现"三个一",等于是给工作队面子了。

闻所未闻,我还是第一次听说。也有开会吃饭、喝酒这种现象,但是有次数、有回数,要么是偶尔,要么是特殊情况,譬如误了吃饭时间、有人请客等,不会像长银滩这样逢会必烟必酒必牌。

我问谁立的坏规矩。

骆河生支书说没有人立,是自发形成。

小地方鬼大,长银滩村是贫困村,经得起几吃几喝?

骆河生支书说没有办法,如果没有"三个一",那么他们就不来开会。

不是求他们开会?

骆河生支书说正是。

我说这种行为绝不能纵容……他不来开会好办,让他不当这个组长。

骆河生支书说组长是选出来的,支部不能说不让他当就不当。再说一般人还当不了组长,能当组长的人不一般,如果家族在组里没有势力,一是选不上,二是即使选上了也没有威信,指挥不动。组长还非他当不可。

我说农村宗族势力不可忽视,但是邪不压正,只要村两委不睁一只眼闭一只眼,任何势力都做不大,就是势力大也大不过党委、政府。

骆河生支书说是,以后开会不会再有"三个一"。

四

县人社局为长银滩村配备了几名保洁人员,但是脏乱差问题还是没有解决。我问骆河生支书怎么看不到扫地的人,骆河生支书说人解决了,工具、配套设施还没有解决。

工作队买回了 9 台翻斗车,建了 28 个垃圾池。可是,还是不见扫地的人。

我问骆河生支书是哪些"老红军"在扫地。

骆河生支书说不是"老红军",是组长的爱人。

等于是长银滩村的"老红军"。

我说什么人不好请,请组长的爱人扫地,难怪乎看不到扫地的人。

骆河生支书说没有办法,村干部每个月还有 450 元工资,组长一年只有 120 元电话费,叫他们怎么安心工作? 村里的工作还得依靠组长,要人家做事就得调动人家的积极性。过去钱不钱,肚子圆;现在又不准吃喝,一点好处都没有,凭什么给你做事。现在好了,让他们的爱人当保洁员,每个月工资 650 元,比村干部工资还高,心理平衡了,不再提这要求那要求为难村委会,与村两委保持一致。

我说你们调动积极性没有错,但是 650 元是给保洁员的工资,而不是给你们发福利。

骆河生支书说没有发福利。

我说拿了钱不做事就是发福利。

骆河生支书说马上给他们提个醒,不扫地就不发工资。

也许是这句话管用,以后早晚看到有人扫地。

4 组组长程恭理爱人去世多年,他自己当保洁员。他对我说,4 组个别人心肠坏,知道保洁员每个月有 650 元工资后,有点心理不平衡,故意将烂菜烂叶撒在路上。有的人看到垃圾池没有垃圾,怕他这个保洁员没有事做,挑上几担土倒进去。

我说老百姓计较你是好事,说明在乎你,只要你任劳任怨,我想以后不会为难你。

他说是的,就装着不知道。

正说着,村计生专干程至富找到我,说有事报告。

组长想回避,程至富喊住他一起听。

原来是他侄儿当贫困户的事。工作队精准识别完成后,将贫困户名单进行张榜公布,欢迎大家举报监督。不少人找到工作队,说某某不符合条件,不该当贫困户。来了 12 伙人,都是点名道姓并说出原因,集中反映在 7 个人身上,其中就有程至富的侄儿,说他一个人养一个人,家中没有负担,在外打工一个月几千元收入,家中两层楼快建好了,这样人不配当贫困户,一定是他叔叔搞的鬼。

程至富说群众反映有道理,但是也有出入,新房子是程至富的财产,对外声称是侄儿所建。之所以这样做,是因为侄儿到了谈婚论嫁的年龄,谈了几个女朋友均因家中无房告吹。今年春节侄儿可能又要带女朋友回家过年,为避免重蹈覆辙,所以他以侄儿的名义做一栋房子。程至富之所以这么为侄儿操心,是因为侄儿是孤儿,4 岁时父亲不知去向,5 岁时母亲改嫁,他和 2 岁的妹妹是奶奶和程至富养大。前几年妹妹出嫁,奶奶也有 80 多岁,虽然他在外打工也有一点收入,但是这个家庭还是叔叔程至富在撑着。如果程至富不管他,就没有人管。评他当贫困户也是组里的意思,程至富没有施加任何影响,这点组长可以证明。

程恭理组长说是回事。长银滩村定贫困户是 2013 年定的,一次定 5 年,当时的标准很低,家家户户都可以当贫困户。除了四名村干部不是贫困户外,其他人家要么是2014年的贫困户,要么是2015年贫困户,要么2016年贫困户,反正家家户户都可以当一年贫困户。这样做都没有意见。之前相安无事,今年出了问题是因为来了工作队,有了一些扶持优惠政策,贫困户与非贫困户差别比较大。过去当贫困户什么好处都没有,就是过年时发两袋米,第二年就脱贫了。现在当贫困户不一样,又是给钱,又是慰问,又是帮扶,又是贷款,所以大家眼红,就来告状。要怪只能怪他自己没有运气,谁叫你不是2015年之后的贫困户。

组长的话让我想到,除了贫困户评定搞平均分配以外,低保户评定也是这种现状。我在入户调查时发现,低保户人数与户数几乎相等,这就说明一个问题,同一个家庭,有人享受低保待遇,有人达到温饱水平。

程至富请求把他侄儿踢出贫困户队伍。

我感谢他支持。不是每个人都有这个觉悟,想当贫困户的人越来越多,特别是一些在外打工人员,平时不回来这时回来了。自从贫困户名单张榜公布后,找工作队的人明显增加,有两类人:一种是来举报的,一种是来请求当贫困户的。来者都不知道贫困户划分标准,都是运用比较法说事,与身边的人比较。举报者拿贫困户与更贫困家庭比较;想当贫困户者拿自家条件相当的贫困户比较,总能比出一定的道理。

一组组长程文彬找到我,说他们组还有3户应该当贫困户。我问这3户比现有的17户贫困户是不是还要穷,他说不是,与排名最后的几户差不多。我说不比现有的17户贫困户还穷,说明你们评对了,得表扬你。现在你要增加3户也有理由,但是也许还有3户要跟这3户比又差不多,又得增加进来,如此反复,全组、甚至全村家家户户都可以当贫困户,那么还有没有贫困户? 对那些真正的贫困户这样做是否公平。

他无话可说,走了。

工作队坚持一个原则:用事实说话。

公示期过后,工作队、村干部开会讨论,决定将4户不符合条件的贫困户拿下来。同时还面临一个实际问题,春节临近,这4户人家还去不去慰问。

我的意见还是去,因为贫困户的确定权不在工作队和村委会,而是在县这一级扶贫机构。在县扶贫机构没有批准之前,这4户人家仍然享受贫困户待遇。

然而,我们决定拿下的4户贫困户拿不下来。骆河生支书向我报告,说县扶贫办不同意调整,理由是现有贫困户名单已上报市、省、国家扶贫办,网上信息上报平台已经锁死,不能修改。

我只能摇头,工作队花了那么大的力气进行的识别,最后换来的却是这个结果。

<h2 style="text-align:center">五</h2>

春节临近,市扶贫指挥部要求各单位组织干部职工到贫困家中走访慰问。

骆河生支书找到我,说村组干部对慰问方式有意见,过去慰问物资都是由村组干部分发,现在工作队一竿子插到底,直接发到贫困户手中,这样做是对村组干部不放心。继而问我,是不是怀疑村组干部贪污慰问物资。

这种意见我不是第一次听到。两个月前,三家帮扶单位干部到贫困户家中走访,因为是第一次见面,所以带了一些慰问品和现金。贫困户收到东西后很高兴,便宣传出去,让那些非贫困户羡慕、嫉妒、恨,纷纷找到村组干部,质问为什么他们没有。村组干部也是一样没有,也是一样有意见,有人找到我,说以后这类的事交由他们村组干部来处理,工作队就不用那么辛苦。我问他们怎么处理,他们的意见惊人一致:平均分。我说不能平均分,给贫困户的物资就只能给贫困户。虽然钱和物资不多,但是对于贫困户来说也许能起到四两拨千斤的作用。

长银滩村历来都是搞平均主义,上面来了慰问物资、捐款等,从不发给指定对象,都是见者有份。习惯成自然,谁都觉得平均分最合理。

工作队不这样做他们就感到不适应。

我对骆河生支书说,不怀疑你们贪污,就怕你们拿去撒胡椒面,做人情。

骆河生支书说,少数人有大多数人没有会有意见。

我说这个时候不能拿少数服从多数来评判,有意见很正常,我就是要让他们有意见,没有意见他们以为这笔钱该得,拿得心安理得;有了意见之后,他们就知道这笔钱不该得,就知道是给特定对象的,是给贫困户的,就知道不该得的莫伸手。

骆河生支书说,给几户特困户大家没有意见,给所有贫困户大家就有意见,因为大多数贫困户与非贫困户差别不大。

这就是问题的症结。

我说差别不大也有差别,贫困户是你们评出来的,你们就得承认并尊重这个事实,而不能变相否认。

骆河生支书见我态度坚决,以后不再主张。

我知道不主张并不等于没有意见,多年形成的习惯不是一下子说了就了,必须在实际行动中加以约束和改进,不给其有任何幻想的机会。

以后只要是慰问活动,无论慰问对象人多人少,我都要求上门到家,不准搞代表式慰问,不准把慰问金和慰问品交给村组干部代行慰问。如遇上慰问对象不在家,必须现场与慰问对象打通电话,告诉慰问品名称和数量以及慰问金金额,在征得慰问对象同意的情况下,方可委托村组干部代发。

除了慰问,发放扶贫项目奖励资金也是一样对待,不允许村组干部代办,只对贫困户个人开单。

几个回合下来,还是习惯成自然,再也没有人主张平均分配。

六

长银滩村支部主题党日活动结束后,方明白说他修路的账还没有结,想请我跟骆河生支书打声招呼。我跟骆河生支书说过,不结的原因不是村委会,而是移民局没有来验收。

方明白所说的路,就是颜飒爽副市长拍板所修的五组通村公路,是工作队来长银滩后第一个项目。正因为是工作队第一个项目,镇、村领导很重视,打算一个月内完成任务。

开始我还有点担心,因为工作队刚来,账上没有一分钱,上项目起码要有一点启动资金。骆河生支书说我不懂南山行情,政府项目一分钱没有也有人来招标,何况这个项目还是工作队要上,钱由县移民局出,不怕结不了账。

果然竞争很激烈,4组方明白联合家乡几个人投标中标。

方明白曾当过村主任,还代行过一年多支书,现任骆河生支书是在他任期内入党,他在村里有一定的资历和影响力。正是由于这些因素所在,所以工程进展顺利,不出一个月完成任务。颜飒爽副市长看了这条路后,还表扬村委会办事雷厉风行,没有想到结账如此艰难。

方明白原本想结完账过年,我也觉得要求合理,毕竟他们是自己全部带资,毕竟他们几个都是农民,虽然现在在县城打工,但是手头不会有多少余钱。我让骆河生支书向移民局反映,并且亲自跟移民局局长打了招呼。

第一步就是要验收,只有验收合格后才能结账。

可是,迟迟不见验收的人下来。

我不知道为何迟迟不能验收,有人告诉我,说县移民局难缠,公家找他办事是能推则推,不是这理由就是那理由不能验收;如果是老板找他,吃一点、喝一点、送一点,办事效率高得出奇,二三天内搞定。

我有点半信半疑,毕竟方明白当过村里一把手,应该知道其中的套路,如果真是这样,他会操作得很顺利。

过完年后,方明白又来找我,他说他怀疑不能结账是村干部在搞鬼。

我要他拿出证据。

他说这个工程村干部许给某某,是他横插一杠断了这位村干部的财路,所以才出现今天这种难结账的局面。

他拿不出来证据,只能是怀疑。

怀疑无效。

我让他自己去县移民局问问,到底是哪个环节出了问题,我好对症下药。

他去问了,说是村里没有在验收申请表上盖章。

骆河生支书说早就盖了。

一个说没盖,一个说盖了,我的办法就是重新填表盖章。

他走后,骆河生支书说移民局说了,等雨季过后再来验收。因为现在看不出公路质量好坏,只有经过雨季冲刷后才知道。

也就是说要到七月。

尽管有一定的道理,但是我认为还是应该按照合同执行。

严格按照合同执行的话,方明白违约在先。合同第七条规定,乙方应支付青苗补偿费 3.6 万元,村协调费 2 万元,勘测费 3 万元,原路补偿费 3 万元。开工之前支付村委会,否则合同自行终止。

方明白不仅在开工之前没有支付这几笔费用,而且时至今日也没有支付这些费用,等于这个合同作废。

方明白解释没有支付的原因是收费不合理。

我说不合理当初就不应该签字。

而合同对甲方也就是村委会基本没有约束条款，特别是结账时间上，村委会几乎不承担责任。合同第十条规定，工程完工后经移民局会同有关单位验收合格后，一个月内支付工程款的90%，余下10%作为质量保证金暂不支付，待一年后工程无质量问题再行支付。

这样的合同，村委会怎么会主动提出验收结账？

尽管这样，工作队不能不管，毕竟路已经通车，下一步还要硬化。一期工程不结账，二期硬化要受阻。我和骆河生支书到移民局，请求他们迅速派人来验收。此时正是移民局换将时刻，局长提拔当副县长，新局长刚下通知还没有到位。找到两位副局长，说明来意。

郭副局长说下个星期四他亲自来长银滩。

真的说话算话，星期四我在长银滩见了他一面。

可是回去后仍然没有消息。方明白又来找我，说他去了移民局几次，又是这理由那理由，他说等不起了，借的钱要还，债主讨债不离门。

这一次我不找移民局，直接找县领导。

我打电话给县委副书记兼纪委书记胡金云，说明事由，请他督办。

他说行。接着给我说对不起，让我操心了。

以后方明白再也没有找我，估计事情办妥。

五组通村公路开始硬化。

七

进入6月，是梅雨季节，雨大风大雨勤，工作队门前公路被山洪冲走一边，洪水漫过溢洪道从路面进入富水水库。

我在南山精准扶贫微信群上发了一条消息，告诉来往大慈公路车辆改道行使。

雨越下越大，骆河生支书和大场镇镇长程刚毅约我一起上山，说隔壁村有户人家昨夜房子倒了，好在人已撤出，不然就是安全事故。长银滩村山上三个组还有几处危房，昨天做了工作，还发了遣送费，听说还没有撤出，请我一起去做工作。

程刚毅镇长的车就停在破损公路前面，我们蹚水过去。

沿途骆河生支书不停接到电话，是六组贫困户汪会红打来的，不停地追问一个问题，即她儿子为什么不符合易地搬迁建房条件。

这个问题骆河生支书已在一个星期前就作了解释，到目前为止少说也有二三十遍，怎奈对方就是不信，不停地打电话，要与骆河生支书当面理论。

骆河生支书说现在没有时间，叫她找组长。

她说找了，组长说管不了，叫她找骆河生支书。

等于是白找。

六组组长方大海在组里做不了主，话语权被在县城居住的组民把持。之所以当组长，是因为山中无老虎，猴子充霸王。六组90%以上的人在县城居住，留下他一个青壮年劳力。他吃苦耐劳远近闻名，找他帮工的人排成队。他不看人，也不挑事，无论是穷人家还是富人家，无论是苦活还是轻活，都是一个价，都是实打实地干满一天，让你感觉物有所值。但是他有一个特点，就是当天必须结账，即使明天还在这户人家做事，也要当天结账。他说不是怕你跑了，就怕扯皮拉筋。久而久之，大家都知道他这个性格，从来没有人跟他赊账。

他在家里有干不完的活，赚不完的钱，所以懒得进城打工。不过，事多就没有多少心思放在组里的工作上。他的态度是，当不当组长无所谓。

汪会红认为，骆河生支书让她找组长是在躲她、搪塞她、敷衍她。

骆河生支书说不是,此时正跟队长和镇长在一起。

那好,就在工作队等骆河生支书。

双方说话算话。

我和骆河生支书回工作队时已是下午五点半钟,进门就看到汪会红。不只她一个人,还有她婆婆和儿子。

汪会红和她婆婆我都认识,孩子是第一次见面。

小孩见到我便跪在地下,搞得我莫名其妙。

由于她找的人是骆河生支书,暂时没有我的事。我上楼换衣服。身后传来他们火药味的对话声。

马上到了晚餐时间,我下楼吃饭。

厨师将饭菜端上桌。

我以为工作队吃饭,他们会回避。

却没有走的意思,还在唇枪舌剑。

什么事这么难扯?

老黄和老雷看到这个阵势,挟着菜上楼去吃。

我不能走,也不能吃。村里的事也是工作队的事,现在双方言语激烈,辩论正酣,不分胜负,我不能不管。

听了一阵,没有听出名堂。之所以这样,是因为双方一下子扯东,一下子扯西;一下子扯那事,一下子扯这事,完全没有章法。

只能说他们嘴巴厉害,还有点棋逢对手、将遇良才之势头。

这种状况我还是第一次见到。骆河生支书虽说文化不高,讲话有些怯场,但是辩论绝对是一流水平,往往只需几分钟,就能击败对方。

这一次为何不分上下?

主要是对手——汪会红的婆婆能言善辩。

不对,还有一层意思,我想起来了,汪会红的婆婆长骆河生支书一辈,还有点亲,没有出五服,所以骆河生支书有顾虑,放不开手脚。

终于听懂了一句——汪会红的婆婆说，这个问题不解决好，她就让村委会给她养孙子，把孙子放在村委会。

骆河生支书说吓不了人，你前脚送来，我后脚送到福利院。

对方说那你就送吧。

骆河生支书说送就送，到时受指责的不是村委会，而是孩子的家长还有你这个当奶奶的人。

我看了一眼孩子，可怜巴巴的样子，着实让人心寒。孩子虽然只有10岁，不大明白大人之间的事理，但是开口闭口要把他送走，不知他内心有何感受。

我不能不说话，我请他们安静，我想知道到底发生了什么事。

他们争着给我讲……

我打着手势制止。我说一个个来，汪会红的婆婆先讲，再汪会红本人讲，再骆河生支书讲。

起到作用，不再是热闹、无序、火药味十足的争吵场面，而像是回到严肃的会场。

中途，汪会红的婆婆几次都要插话，均被我制止。

都讲完了，意思我清楚了：贫困户汪会红要求村委会为他10岁儿子申报一套易地搬迁房屋，理由是她这个儿子是前夫所生，前夫去世多年，她又嫁人，等于这个儿子是孤儿，符合易地搬迁政策。骆河生支书的意思是，孩子不是孤儿，因为孩子有娘有后爸，并且这个后爸还是孩子的叔叔，是汪会红前夫的堂弟，等于还是一家人。汪会红的婆婆认为，骆河生支书不给孩子办事，是因为他们没有送礼。所以这次她准备了一个"大礼"，买来了草纸、红烛、一炷香、鞭炮，说要给骆河生支书烧纸、敬香、下跪、叩头，把骆河生支书当神对待。

明眼人一看就知道，不是当神，而是当鬼。

把活人当鬼，这个意思再清楚不过。

我瞟了一眼餐桌上堆放着的草纸、红烛、一炷香、鞭炮,明白了这些东西的用意。

本想指责几句,都不想跑题,更不愿意激化矛盾,就当着视而不见。我问,你们争论的焦点是孩子是不是孤儿对吗?

双方又开始争论起来,一方说是,一方说不是。

我再次打着手势制止。

按理讲,孩子父亲去世,母亲改嫁,孩子应该是孤儿,这就是汪会红追着骆河生支书讨要说法的原因。但是,按照易地搬迁的政策,享受者必须是贫困户,并且没有享受过其他建房优惠政策。汪会红是贫困户,全家符合条件,但是她家在前年享受了危房改造政策,建了一幢新房,这次就不能享受。她有些心不甘,这次易地搬迁政策比危房改造政策好上几多倍,不能错过,于是想到以儿子是孤儿的名义,再申请要一套。

其实这个事与孤儿无关。

我先回避孤儿这个话题,先批评汪会红的婆婆,不该把孙子当外人看待,既然接纳了汪会红这个儿媳妇,就应该接纳她的一切,包括她前夫所生儿子。何况汪会红的前夫还是现任丈夫的堂哥,他们之间有着双层的关系。

汪会红的婆婆插话,不承认不接纳这个孙子。

我说接纳了就不该一口一声孤儿。

其实我知道,她对这个孙子还不错,平时在一起生活也很照顾,没有说过这个孙子是孤儿,现在打这个招牌就是为了要一套住房,也是为了这个孙子今后生活着想,没有坏心,只有好意。

却有点私心。

我说孩子只有 10 岁,不具有完全的民事行为能力,他的一切活动都受监护人保护;监护人有吃的他就有吃的,监护人有房住他就有房住;他的监护人不是别人,就是他的父母。

我所说的这些他们也许清楚,不然早就送孩子进福利院。不过,他们现在关心的不是法律术语,而是房子问题。祖孙三代冲这套房子而来,不说清楚是不会善罢甘休。

　　我说,做父母的做长辈的为孩子的明天打算值得肯定,但是不能操之过急,要做房也要等到他 18 岁之后,也就是有完全民事行为能力之后,由他自己做出决定。在此之前,父母有义务照顾他、呵护他,而不是拿孩子的不幸来寻求当前的利益。现在你嫌他是负担,等你们老了,孩子大了,需要他来赡养你们的时候,孩子如果像你们今天这个态度,那么你们又有何感想?现在你们养他天经地义,将来他养你们也是天经地义。孩子已经 10 岁了,记事、懂事、有自尊心,长辈的言行对他幼小心灵会产生很大影响,请你们不要再提他是孤儿,让他感受到家庭温暖比一套房子更重要。现在你对他好,将来他对你好,付出与回报对等……

　　我讲完了,他们沉默了。我知道,也许是 18 岁这个关键词在起作用。在此之前他们肯定听说过,18 岁是人生的转折点,18 周岁以上的公民才是成年人,才能享受公民待遇。

　　现在双方都知道为此纠结的“孤儿”一钱不值,口水战打了一个多星期等于白打,之前所说的过头话、所做的过头事除了伤人伤己再也没有纠结的价值,只能说是一场误会。

　　汪会红的婆婆连声说对不起,掴(吵)了我的耳朵。

　　我好生感动,原来他们婆媳如此通情达理。

八

　　晚饭后沿富水湖边散步已形成习惯。

　　途经二组时,有人喊我,是贫困户程进仁。他告诉我,二组出大事了。

我紧张起来,忙问什么大事。

他说今天上午来了两台车,下来一群拿长刀带短枪的家伙,将正在安置点施工的一伙民工逼停,说工程是他们承包的,其他人立即离开工地……双方差点打起来。

上午我在村,怎么一点都不知道。

事态比较严重,我立即去找二组组长程浩渺询问。

组长不在,我告诉他母亲,等程浩渺回家后让他到工作队找我。

接着我去找村委会常务副主任程礼荣,问他是否清楚上午的情况。他说不大清楚。

我再打电话问骆河生支书,骆河生支书说知道一点,但不是十分清楚。

第二天上午,常务副主任程礼荣到工作队,他说问清楚了,是两家公司为二组易地搬迁安置点填土工程承包权发生冲突,双方都要承包,你不服我,我不服你,都放出狠话,下一步可能要发生械斗。

我问招标了没有。

程礼荣说还没有到这一步。

没有到这一步,怎么会有两家公司来抢工程?肯定有人许诺了他们。我问程礼荣是不是他许诺了什么。他说没有,是骆河生支书介绍了一家公司来承包。

我想此事不应该这么简单,可能另有隐情。

他走后,二组组长程浩渺来见我,说有点复杂,还不只两家公司,他也答应了一家,一共有三家公司来竞争。

我说形成竞争关系是好事,最后以中标的那家公司为准。

他说根本就没有想到招标。

我问有多大的工程。

他说 30 万左右。

我说 30 万必须招标。

他说有一家协议都签了，是骆河生支书介绍的那一家。

我问怎么签的。

他说骆河生支书、常务副主任程礼荣都在场，还找了几名民意代表，大家议了一下，认为可以，就签了。

我说谁给你们的权力。

他说签的不是承包合同，是意向性协议。

我问了协议内容。

听完后我说，与承包合同没有多大区别，实质是答应了人家。

既然签了一家，怎么出现第二家。

他说之前常务副主任程礼荣答应了一家。在这之前他也答应了一家。之所以出现这种现象，是因为这个项目申请上报后没有下文，而老百姓又盼望工程早日开工，骆河生支书让常务副主任程礼荣专门负责跑这个项目。程礼荣没有办法就叫组里自己想办法，所以他就找了一家公司，让人家带资承包。正在这个时候，村里接到通知，南山县全面启动易地搬迁工程，也就是说这个项目经费有着落了，于是管的人又多起来。

我问他下一步有什么打算。

他说有。就在昨晚我去他家后，他意识到我知道了此事，再瞒是瞒不下去。之前他们统一了思想，不想让我知道，因为我会要求他们按程序、规矩办事。如果一切进展顺利的话，那么我可能真的不知道。偏偏出了岔，还很棘手，还怕把事闹大，这才想到我，想给我汇报，但是又怕挨批评。既然现在工作队知道了，必须做好两全准备：一是如实汇报，二是想出好的解决办法。只有这样，才能少挨批评。

他们商量的意见是：谁都不给，学窦家山，自己组里的事自己做。

我问他们有没有这个实力。

他说有。他们组在外承包工程的小老板不少，有的人有钱，有的人有机械,无钱无机械的出力,一定能成功。

精神可嘉,但是与窦家山造林有所不同。他们是自己拿钱创业,这个项目是国家出资、财政拿钱,也就是说要走招标程序。我问他们怎么招标。

他一脸茫然,根本就没有想到招标。

没有招标意识在乡镇、村组是通病。来了项目,没有人想到招标,首先想到的是给谁做。工作队刚进村时,上五组通村公路项目,市领导刚走,镇领导就要求第二天开工。我提示开不了工,因为招标需要时间。这名镇领导说,不管这些,先开工后招标。

上行下效,所以才有这个局面。

不过,给自己人做最有说服力。因为三家公司个个都不是吃素的队伍,给谁做另外两家都有意见;或许都不做就是最好的办法。

我提出一个假设,假如三家公司都不同意这套方案怎么办?

他说他们有办法摆平,万一摆不平再请工作队出马。不过他自信能摆平,因为全组所有人都支持这个方案。

既然这样,那么就按他们的方案办,不过我还有三点意见要说:第一,做好三家公司的协调工作,不能发生群体械斗事件。一有风吹草动,立即向工作队报告;第二,同意你们自己来承包,但是该走的程序不能省,特别是不能搞变相转包;第三,万一转包,必须走招标程序。

他说行。

我最担心火并的事没有发生,直到工程完工也没有听到这方面的消息。正待我要表扬他们时,得到确切消息,他们花了2万元、两桌酒才把这三家公司摆平。

九

从村委会回来的路上,遇到四组五保户方礼河。他说正要找我,想办一个事。

我问什么事。

他说不愿当五保户。

怪，有人削尖脑袋想当五保户，他却不干。我问他跟村组干部讲了没有。

他说讲了，村组干部说管不了，叫他找工作队。

自从有了工作队后，村组干部也有了退路，能解决的事、不能解决的事都可以推给工作队。不过这一次不是推，而是懒得跟他解释。在他们眼中，他是神精病。好不容易给他争取到的五保户，他却不干，要是换上别人会感恩戴德一辈子。

当初定他当五保户时，村组干部承担了风险，因为他没有 60 岁，不能当五保户。

我问他为什么不愿意当五保户。

他说他不够条件，因为五保户只有无儿无女的人才当，他有儿子，当五保户说出去不好听。

明白了，不是因为没有 60 岁，而是怕别人说他是孤老。

我知道他有儿子，叫方明春，今年 28 岁。可是他九岁时就被他老婆阮满珍带走，至今下落不明。由于妻儿突然离去，他受不了打击，患上了精神分裂症，发病时不能左右自己，四处流浪，幻想有一天能突然遇见妻儿。随着年龄增大，劳动能力下降，他不能养活自己。村组考虑到他的特殊情况，提前两年为他申办五保户手续，这样他每个月就有 450 元生活费保障。

现在他提出不要，那么他靠什么生活。

他说他可以申报低保。

我叫低保户每个月只有几十元补贴，不够他日常开支。

他说可以。他还可以节约一点，还可以打点零工补贴一点。

我知道没有人请他打零工，因为他脑子不管用，三分钟热血过后就"罢工"，干着干着突然不知去向。我曾经跟几位大户老板说过，需要人帮忙时就请他帮工。他们都是三摆手，说宁可自己吃苦、加班加点，也不会请他。我也亲自跟他谈过，说要做事，不要到处闲逛，因为只有做事才有钱，只要有钱才能过上好日子，过上了好日子老婆才会回心转意。他答应得很好，说去做事，还要我跟他介绍工作，就是不拿出实际行动。

　　我以为他怕吃苦，但是看到他家一堆废砖、废钢筋就知道他是不怕吃苦之人。这些废料都是从山下捡回，是用蛇皮袋背上山，他不觉得累，走路快如飞。我问他捡这些废料干什么，他说想做一个厨房和厕所，加上政府给他做的两间正房，他就有两房一厨一厕。如果有那么一天儿子回来，儿子就有房子安身。

　　他儿子能回吗？

　　我问过骆河生支书和他的隔壁邻居，都说这种可能性很小。但是他坚信儿子会回。

　　他经常问我，儿子会不会回来。

　　我只能说会。

　　我想帮他找回儿子，尽管这种可能性渺茫，但是我想试一下，因为中央电视台《等着你》栏目每期都有奇迹发生，说不定这个奇迹也会降临到他身上。于是我问起他老婆孩子的情况，他东拉西扯说不清楚，连儿子小时候的照片都提供不出，让人非常失望。

　　他又跟我谈起找儿子的事，这次是听人说，工作队已经帮他联系上他老婆。

　　我知道是有人拿他开心，因为他每天想着这件事，老是问人家这个问题，把人家问烦了，随便敷衍他一下。

　　不过他不觉得是敷衍，反而还能开心一天。

　　我说我们会尽力。

吃完中饭后,我带上薛猛、胡维两个才子上山,找他的邻居了解情况。

最清楚这件事的人是他的邻居兼姑姑方菊花和姑父陈志洪夫妇。两位老人都70多岁,记忆力也很好,谈起此事就像昨天发生的故事……

回家后,薛猛草拟一份《六旬残父近20年寻子路》的寻人启示,发在中央电视台《等着我》栏目上。

失散经过是这样写的:

> 1997年10月,湖北省南山县大场镇长银滩村4组9岁幼童方明春(1988年3月出生),被其生母阮满珍(1964年10月出生)带离家乡,去向不明。期间,阮满珍曾给家中寄回一封信,要求与丈夫方礼河离婚。信封并未留下地址,仅在邮戳上显示湖北省黄冈地区。由于经济困难,加之方礼河以为妻子过一阵会回来,所以没有前去寻找。谁知道从此音讯全无。近20年间,方礼河逢年过节都去到拜望岳父阮战成,希望碰到妻儿。然而都是失望而归。如今方礼河年近6旬,儿子已28岁,人愈老愈发思子心切,以至于精神恍惚,脑子想出毛病,身体也越来越差,生活贫困。当地政府考虑到他的实际情况,为他申报贫困户、低保户和五保户,他就是不愿接受五保户,理由是他有儿子。2015年政府花了7000元给他建了一栋50平方米住房,他自己住一间另空一间,说要留给儿子回来居住。现在他非常渴望能在有生之年见到儿子一面,那怕是看到一眼,再听他叫一声爸,这样他就满足了。恳请中央电视台《等着你》栏目能为他圆梦。

寻亲公告发出后,收到许多热心人来信来电。由于他不能提供一点有用证据,寻亲之路很不顺畅。

有位作家在他寻亲贴子上留言:朴素的农民,残缺困苦的家庭,宁愿放弃国家的补贴,也要选择有尊严地活着。在他心中,老婆和孩子会回来的,他的日子会好起来的。祝愿农民大哥早日圆梦!

十

晨练回来,扭开水龙头不出水,经验告诉我,水管又被堵塞。

工作队用水与一组居民共一根管。长银滩村有条不成文的规矩,谁家水管坏了谁家修;公共水管坏了,下游用水居民联合修;水池水管堵塞了,集体修。

这种现象已出现四次。第一次发生在冬天,水管被冻裂,下游是大泉口13户人家,可是只有2户在家,即工作队和陈敬珀老夫妇,维修费自然归工作队支付。以后3次都是水管堵塞,发生在6、7、8三个月,因雨水过多,泥沙俱下,水管口径小,一不小心就堵塞了。

这类情况自然归集体维修。

我正要下楼到卫生间热水器取水,一组组长程文彬甩开膀子进门,他说水管被泥沙堵塞,刚派人去疏通。由于水管老化,把管子弄破了,必须更换,否则无水可用。

此时正值8月大热天,不能无水。

按理讲,住在富水湖边什么都可以缺就是不缺水。

十年前可以这样讲,现在不敢讲,因为富水水库成了养殖场,沿湖岸边老百姓搞起了网箱养鱼。尽管这样,富水水质总的来说还算不错,但是不能直接饮用,必须经过过滤处理后才能使用。过滤需要建水池,送到各家各户需要购建水塔等设备,费用大、成本高,所以沿岸居民基本弃用湖水改用山水。

长银滩村山下3个组用的都是山泉水。

山泉水看似很清,烧开后才知道杂质很多,晴天有一成杂质,小雨天有两成杂质,大雨天有三成以上杂质,甚至堵塞水管。开始我们不知道,知道后用茶叶吸杂,再后来烧开后放上一两个小时,等杂质沉淀后小心倒出上面一层清水。

杂质多除了雨水作用外,还有一个原因是落差大,2千米水沟形成了11个瀑布,山水几乎是垂直降落到富水水库。

就是这样的落差,也能把水管堵住,可见泥沙量之大。

我问需要换多少米水管。

程文彬组长说全部老化,都得换。

我知道他的用意,想趁此机会让工作队放点"血",把问题彻底解决。

其实工作队早有安排,山下3个组"人饮工程"项目已报县、市水利局,现在处于等待实施阶段。我说没有必要全线更换,只换坏掉的部分,把水接上,有水饮用就行了。

程文彬说需要钱买管。意思是工作队出钱。

我满足他的要求。

正准备离开,他又转过身来,说天热人难请,请一个工得200块钱,前几次几千块钱都没有结,这次又要请人,不知人家愿不愿意来。

我问大概需要多少钱。

他说人工费加水管钱,恐怕得一两万元。

我知道他报水荒,但是我不能确定到底有多少,只有等清单出来后再来算账。我说行,你把账记好,不要有水分就行了。

他把胸膛拍得哪哪响,说他不是这种人。

整个夏天他都没有穿衣服,每天是一条红短裤,一双拖鞋,一辆摩托车,走到哪里都能听到他的大喉咙。如果是喝了酒喉咙会更大,并且不讲道理,加之长得五蛮三粗,眼睛又大,还蓄着络腮胡子,十足的李逵再现。

刚来时我不了解他，看到他在会场上蛮搅胡缠不讲理的表现，散会后我就建议骆河生支书免了他组长职务。骆河生支书替他圆场，说他不喝酒是个不错的干部，喝了酒就爱发酒疯，发起酒疯来天王老子都不认。

经过一段时间观察，证实了骆河生支书所说。

不过，涉及本组及本人利益，他是锱铢必较。有一次他借着酒疯，在会桌上逼骆河生支书为他们组安装太阳能路灯。还有一次他向我讨要开办农庄补贴。

我曾在会上讲过，国家对贫困户开办农庄有补贴，标准是一万元。不是贫困户开办农庄的，吸纳贫困户到农庄打工也有补贴，每吸纳一个有 2000 元。于是他开了一个农庄，由于种种原因补贴没有到位，他便找到我，说我说了，只要开办农庄，工作队就奖一万元现金。我从来没有说过这句话，并提醒他是国家给予补贴，而不是工作队。

其实他知道，申领补贴的资料已报到县劳动就业局，正在走审批程序。由于涉及财政拿钱，审批程序比较复杂，拖了很长时间第一批补贴才下来，没有他，他很失望，于是又找我要补贴。我打电话问就业局局长怎么回事，原来是分两批进行，先审批贫困户开办的农庄，再审批吸纳贫困户就业的农庄，他属于第二批。

有他就高兴，静待好消息。

谁知道快要过年，补贴还没有下来，他以为没有了，便故伎重演，借着酒疯第三次向我讨要补贴。我当然不答应。

不答应就组织人堵路，威胁我就范。

我不为所动。

好在他头脑还清醒，只是说说而已。年后补贴下来，这才安静下来。

晚上来水了，我表扬他办事雷厉风行。他说不要表扬，多给点维修费就行了。他还拉着我去看他们组正在砌的石头墙。他说这面墙砌成后，通向祖坟山的路好走了，墙下的地基准备建一个群众娱乐服务中心，以后组里开群众大会也有个落脚地方。

我肯定了他的做法。

他说肯定就得支持，支持就得给一点费用。

我问多少钱。他说得七八万元。

我说工作队就那么一点钱，并且主要用于支持贫困户发展产业项目上，这类基础设施建设要量力而行。不过为了鼓励他们为群众办实事，工作队可以表示一点。

他说谢谢，明天就去工作队开票。

我说等工程完工后才能给钱。

他有几分失望。不过有总比没有好。

两个工程下地，工作队给了一组一万块钱补贴。

第四章 项目之争

一

没过多久,颜飒爽副市长又来长银滩。

这次来有两大任务:一是检查上次布置的工作完成了没有;二是对工作队进一步加压鼓劲。

上次布置的工作基本都在动,也有完成的:五组通村公路完成三分之二;移动信号基站已与市铁塔公司、市移动公司洽谈,市移动拟投入27万元建一座直放基站,方案已报省公司,现在处于等待批复之中;工作队住所精准扶贫政策宣传栏以及户外宣传栏制好,特别是长银滩村精准扶贫图格外引人注目。由于采用的是航拍图,每条路、每间房子都清晰可见。

颜飒爽副市长看完这张地图说,这次总算把长银滩看清楚了。

颜飒爽副市长还看望了正在上课的"长银滩村精准扶贫食用菌种养、水果栽培、淡水鱼养殖技术培训班"的教师和学员。

看完之后,颜飒爽副市长对工作队和村两委前段工作给予了肯定,但是还不是十分满意。不满意是因为市委书记扶贫联系点动作更大,相比之下长银滩工作落后了,不是落后一点,而是落后一大截。

书记的扶贫联系点已经很有看头了。

我有些诧异,工作队进村总共只有个把月时间,我们的精准识别才刚刚结束,他们却出经验了?

颜飒爽副市长看出我在怀疑,她说她去现场看过。

不怕不识货,就怕货比货,同是工作队,为什么人家的步伐那么快?颜飒爽副市长认为,除了一把手的政治优势外,队长起到了很大的作用。

也就是说我技不如人。

颜飒爽副市长分管扶贫工作,她的联系点落后书记的联系点很正常,但是不能落后得太多,太多了就不正常,因此她有些急。

我听了更急,难道他们是神仙?

落后在项目上,书记联系点已上了十几个项目,仅工作队自己就上了香菇、木耳等几个项目,还有十几个项目正在洽谈中。

既然找准了问题的症结,那么就在症结上着力。参照书记点上的做法,就是多上项目,多上大项目,多上有看点的项目。

讨论上什么项目。

随行人员和县、镇干部提出在长银滩发展 5 万筒香菇基地、300 亩红心柚基地、300 亩水蜜桃基地、300 亩猕猴桃基地、300 亩枇杷基地、100 千瓦光伏发电站等等。为了有震撼力,最好是集中连片……

的确是宏伟蓝图,如果建起来不亚于、甚至超过书记的扶贫点。

基本敲定,只等颜飒爽副市长最后拍板。

时钟超到 12 点半,也该散会吃饭了。

可是我还没有讲,主持会议的人也没有打算让我讲。因为我是执行者,他们才是决策者。

大家饿得发慌,期盼市长简明扼要讲几句散会。

没有想到我要讲。

的确有点不识时务。

我知道犯了"众怒"，但是我不能不亮明我的观点。

我说现在是市场经济，做事、上项目都得遵循价值规律，发挥市场在资源配置中的决定性作用。蓝图再美，如果不能实现永远只是蓝图……

没有想到我会唱反调，一个个面面相觑。

新鲜，刺激，有种。看得出大家的肚子不饿了，想听我把话说完。

我说我也想搞大，甚至是几个1000亩，这样更有看点，更有气势，但是行不行，谁来搞？村委会来搞，工作队来搞，还是农民、贫困户来搞？可以肯定地讲，村委会和工作队能把基地建起来，但是守不住，不出一年就会血本无归。我不是危言耸听。强迫老百姓来搞，也许可能搞起来，但是强迫的做法是计划经济的产物，过去我们尝试过，结果是政府号召种什么就什么卖不出去就亏什么。过去我在粮食部门工作过，我的大学本科毕业论文就是《农民卖粮难的成因和对策》，我知道农民卖粮难的原因，是地方官员逼农民种粮。计划经济时通行的做法就是：多了就砍，少了就喊。政府操透了心，计划来计划去，却是好心办成了坏事，政府官员没少挨老百姓的骂。

稍停片刻后我话锋一转，问基地还建不建。

我肯定地回答建，由大户、老板来建。工作队的任务就是做好招商引资工作，而不是替老板规划。老板也不会听命于政府，听命于我们工作队，听命于我们今天的安排，种什么种多少他们心中有数，什么赚钱他们就种什么。老板的脑袋一点不比我们官员差，老板比我们聪明。老板也许不知道什么叫价值规律，但是他知道赚钱……因此说，我们不要替老板瞎操心。

我讲完了，会场宁静得让人觉得窒息。

大家把目光投向颜飒爽副市长。

颜飒爽副市长还在思考什么问题。

片刻后颜飒爽副市长发现我已讲完,这才开始讲话。

颜飒爽副市长首先肯定了我的观点,认为市场经济条件下必须遵循价值规律,发挥市场在资源配置中决定性作用,不能搞"官员的政绩,老百姓的负担"这样所谓的政绩工程。但是也不能怕事、怕风险、怕非议就不作为,脱贫的"五个一批"重点在产业扶贫一批,因此,任何时候都不能忘记发展产业。发展产业不能停留在口号上、在规划中,必须项目化,也就是要上项目,上贫困户能够接受、承受、能够脱贫的项目。上项目涉及资金、技术、销路三大板块,工作队、帮扶单位要围绕这三大问题做好文章。

听得出来,颜飒爽副市长在项目规划上态度有所改变,不再是大项目、亮点项目,而是贫困户能够接受、承受、能够脱贫的项目。

说完这些她才说出来意:

第一,挂这个名就要负这个责。她说长银滩村是她的联系点,同时也是市人社局、市审计局、市残联的帮扶村,挂这个名就要负这个责,就要为这个村办实事。巧妇难为无米之炊,工作队进村开展工作不能没有钱,尽管市财政给了 20 万元,但是远远不够。发展产业必须要有资金支撑,年内市人社局、市审计局各拿出 30 万元、市残联拿出 20 万元打到工作队在镇财政所账上,用作产业扶贫发展帮扶资金。

第二,加大开发荒山荒地力度。荒山开发是一项长远的大事,长银滩还有 1000 多亩荒山荒地闲置,要通过市产权交易中心这个平台,面向全省、全国宣传推介长银滩村千亩荒山使用权流转拍卖意向,做好招商引资、引进大户工作,发挥基地带动、引领效应。同时鼓励村民自主开发。种水果也好,养香菇也行,总之要有行动,不能闲置。

第三,上光伏发电站项目。她认为光伏发电不是扶贫项目最优方案也是次优方案,具有安全可靠、无噪声、无污染排放、建设周期短、收效快等优点,工作队要为长银滩村留下一座光伏发电站。建多大电站、在什么地方建、所需资金多少,由工作队拿方案,报批后迅速上马。同时要帮助没有劳动能力的贫困户上这个项目,采用贫困户贷一点、县政府奖一点、工作队补一点的办法,在贫困户楼顶、周边空地上安装光伏发电站。

二

颜飒爽副市长走了,我的事多了。

当下的重头戏是上项目。我理了一个思路,即大项目大户建、大家建,小项目引导建、指导建、鼓励建,基础设施项目争取国家建、集体建。

三头并进,同时开花。

首先解决荒山荒地问题。

按理讲,长银滩人多地少不应存在田地荒废现象。事实上,这种现象不仅存在,还十分普遍,十分严重。由于土地分布不合理,山下三个组人多地少,山上三个组人少地多,加之粮食、农作物不值钱,外出打工成为新常态,许多计划经济时当家田地无人耕种,田间地头到处都是牛筋草、狗尾草、荩草、苍耳、牛毛毡、酸模叶蓼等野草,特别是长在过去当家田地上的白茅草,经历了几十年的生命轮回,现在是长得又粗又壮又高,成了飞禽的天堂,并且还有向森林、村庄延伸、包围的态势。

我问这样的荒山荒地有多少?

村干部回答是千把亩,组干部摸了一个数字加起来是 920 亩。两者比较接近,但是到底有多少没有定论。

不能统计加估计,这回要上产权交易平台,不仅数字要求准确,并且地名、地况也要详细标明。

请专家是唯一选项。

大场镇镇长程刚毅带着镇林业站站长和测绘图来到长银滩村,我和骆河生支书陪同。

不用测量,骆河生支书说出地名和方位,站长就在地图上勾画出一个圈圈,然后按照地图比例进行换算,很快就有结果——长银滩村可流转荒山荒地1360亩。

有了这组数字,工作队立即与市产权中心进行联系,得到他们及他们上级的支持,市国资委姜坤明、廖炎军副主任带领市产权交易中心龚主任、湖北昊天拍卖有限公司黄总、陈总等一行来长银滩村,实地考察。回家后长银滩村1360亩荒山荒地挂在都宁信息网、都宁58同城、都宁昊天拍卖有限公司、都宁产权交易中心、都宁公共资源交易中心等网站上。

三

产生了广告效应,先后有八批人来长银滩考察,其中枝江酒业副总李净想建一个水果采摘园,福建王老板想建一个5000亩牡丹基地,浙江张老板想建一个桃型李基地,武汉康乐园养老中心黄经理想建一座老年公寓,在北京通州做大理石生意的南山籍商人邓老板想承包荒山,太平洋保险都宁公司钟老板想建一个休闲观光农庄,南山本土老板陈丛拼想利用过去集体荒废茶园建一个高山高档红茶基地,在咸安凤凰开发区创业的李老板想建一个猕猴桃、葡萄基地。

想法很好,动真格的不多。

不能怪他们挑剔,主要是长银滩山地资源不符合他们的要求。其中6个老板嫌面积太小,他们开口就是2000亩以上,并且要连片。现有1360亩荒山荒地中,超过200亩面积的只有两处位置,一处是六组的梨头窝,一处是五组的郭家山,其他位置是东一坨、西一块,难连片。

最有诚意的老板当属李建兴，从考察到决定上马他只用了三天时间，第四天就将两台挖土机开到梨头窝。

快是因为有人竞争，这块地太平洋公司钟老板也看中，加之他有个好朋友在南山县科协当主席，发展猕猴桃项目也是这位好朋友推荐。

科协主席的话带有科技成分，说明猕猴桃栽培技术相当成熟，说明南山这个地方适宜种植猕猴桃。朋友不会害朋友，不听朋友的还听谁的。

更让他惊喜的是，联想集团管后勤的老总曾到过南山，希望南山科协能为联想集团员工提供一些纯天然的绿色食品，猕猴桃也是选项之一，所以李建兴老板没有犹豫就进来了，甚至连合同都没有签就先斩后奏。

还有一位老板也非常有诚意，是我的朋友，还跟我的顶头上司徐仕新局长关系很铁，他就是太平洋保险公司都宁分公司总经理钟安明先生。

他说他来长银滩承包荒山不是为了赚钱，而是为了支持人社局及我的工作。

我感动得泪满衣襟。

尽管我知道他说的是假话，但是听了舒服。无利不早起，老板不是慈善家，不赚钱他不会来长银滩，来长银滩绝对不是为了扶贫。做生意赚钱是老板分内事，正如我们公务员为人民服务是一个道理。

不赚钱我还不敢与他打交道，因为双赢才叫赢。

我带钟老板和他的合伙人看了好几个地方，最后敲定梨头窝和郭家山两处位置。我找来骆河生支书和两位组长，叫他们开群众大会把承包方案确定下来。

骆河生支书信心满满，说没有问题。步骤是：先进行土地流转，将群众的土地流转到村里，再由村委会跟老板签合同。

这样更好，省了许多环节，省了许多麻烦，钟老板正不想跟老百姓直接打交道。

没有想到老百姓不买账。

市人社局局长徐仕新知道此事后，说他来做工作。

说到做到，第二天他就带着钟老板来到长银滩。

我和骆河生支书、组长陪同。

因梨头窝被李老板抢了先，只能放弃。

这次重点是郭家山200亩荒山。

为自己办事不能马虎，钟老板这次比上一次看得更认真，更仔细。

看得出他是真心想要。

实地反复走了几圈还不够，还要看全景。爬到山顶，钟老板指着脚下的土地对徐局长说，世外桃源。

脚下是一块小盆地，周围是山。

钟老板问徐局长是否看到一条弯弯曲曲的小溪。

徐局长说看到，问组长是不是常年四季都有水。

组长说夏日水大，冬天水小，高峰时水到山边。

钟老板连声叫好，有山有水才有发展前景。他计划沿着溪边修一条公路进来，然后在公路两旁种上名优高档水果，在低洼处修建一个垂钓中心，在靠山脚下位置建一栋别墅，搞成一个集采摘、钓鱼、娱乐、休闲于一体的现代农庄。

徐局长认为思路不错，问他计划投入多少资金。

他说一千万。

组长没有想到投入这么大，顿时兴奋起来。

上一次征求组民意见时，多数人认为老板不是真心开发，而是来套取国家涉农补贴，不同意把荒山租给老板，说自己人开发。

他们猜测钟老板是小老板，是小打小闹，没有想到人家是大老板，要大搞。

他问钟老板能不能只租 15 年。

钟老板没有犹豫就拒绝。15 年能干什么,15 年成本都收不回来,必须是 50 年。

不过租金与年俱增,头五年每亩 50 元,第二个五年上升到 100 元,第三个五年是 150 元,以后每亩 200 元。

骆河生支书叫好,荒了不就荒了,一分钱没有还要挨批评,租出去每年有万把块钱收入,组里还能办点事。老板还修路,改善周围环境,老百姓还可以到农庄打工,真是只有好处没有坏处。

组长说他做不了主。

是实话,但是不中听。

我要求组长近期内把所在组召集起来开会,我和骆河生支书到时到场做工作。

临走时徐局长叮嘱我和骆河生支书,尽快拿出土地流转方案;只有村委会掌握主动权,才不至于让老板高兴而来扫兴而归。

钟老板为了证明自己有诚意有实力,还邀请徐局长和我利用星期天到他家乡的基地参观、考察。

十年前他在他的家乡承包了上千亩荒山,如今已是满目苍翠。

四

在村组干部及党员大会上,我把在五组组民大会上的讲话再次做了阐述,认清"舍不得"与"看不得"的危害性。

舍不得就是宁可土地抛荒,也舍不得给外人开发。看不得就是满目都是几人高的白茅草,一副败落、颓丧的景象,让人不忍卒"看"。

我请大家讨论这两种现象。

出现两种不同声音,有人主张给外人开发,有人主张自己开发。都有理由,也很充分,但是主张自己开发的占多数。

在主张自己开发人群中,又以在外打工人员占多数。也就是说,在家的人同意土地流转、开发,在外打工的人不同意。

如果按照少数服从多数的原则,那么就是自己开发。

这就是结论。

出现这个结论并不意外,我在五组组民大会上听到的就是这个结论。

这个结论的实质是利益博弈,在外打工人员一年回来不了几次,同意荒山外包就意味着放弃了对集体资产管理权和处置权,与其让在家的人吃香的喝辣的,倒不如荒下去等自己回来再说。

也就是说宁可肉烂在锅里,也不愿意好处给了他人。

对于工作队而言,不管谁来开发都一样,只要不抛荒。就怕他们说到不能做到,打着自己开发的牌子,让土地继续抛荒。

我看出这种可能性很大,必须想办法让他们兑现诺言。

办法就是奖励,重奖之下必有勇夫。

其实不用重奖,只要有一点利益就行了,就怕你一毛不拔。

我说出奖励措施:免费提供苗木。

意外惊喜。

脑子转得快的人马上意识到这笔生意可做。看得见的好处有这几项:开发一亩荒山,国家有退耕还林补贴,每亩225—1500元,县政府有100至200元奖励,现在工作队免费提供苗木,等于是——我请客,别人付账。

这种好事千载难逢,马上行动。

原计划是请本村有实力的能人承包,现在改变策略,利益共享。

第一个行动的是距离村委会最远的窦家山湾。该湾共产党员窦成龙在村里很有威信,他登高一呼,响应者众。

直入主题,先筹集挖机油钱,开挖才是硬道理,以后的事以后再说。

挖机师傅是本湾人,工钱好说,可以赊账,但是不能让他贴油钱。

好办,每个男丁出 500 块钱,全湾 70 个男丁,一共 3.5 万元。

还搞了一个开挖仪式,工作队和村干部到场,放了一万响鞭炮和 8 筒烟花。

挖。

在苦桑岭即过去龙岩村村委会旧址旁的荒山上,挖下第一铲。

他们的子孙会记住这一天:公元 2015 年 12 月 9 日。

五

君子一言,驷马难追。说出的话要兑现。

窦成龙找到我报喜,说 120 亩荒山已变成熟地,只等苗木到位。

说熟地一点都不夸张,30 年前就是当家地。

现场我去了多次,当两人多高白茅草被清除时,露出了石头垒成的田埂。靠山边部分,是三层(排)梯田。

当他们开挖时,我就征求他们的意见,想种什么。

他们说核桃。

不能他说种什么就种什么,还得请教专家。市、县农业专家回答是不宜,因为山上气温低、湿气重,核桃挂果后果皮极易生霉,十天半月后幼果萎缩,再三天连果蒂一起脱落,建议改种其他品种。

我问红心柚如何,因为有人在颜飒爽副市长面前多次提过红心柚。

窦成龙说估计不行。

不敢肯定是因为没有实践过,不过有前车之鉴,不是红心柚,而是柑橘。当初富水库区大兴柑橘栽种时,山上山下栽了不少,山下长势喜人,成果后皮薄皮亮、大小均匀、品相好,入口又香又甜。山上的柑橘长势也喜人,但是大小不一,并且皮厚、丝多、不甜。这还不是关键,关键是耐寒性能差。山上山下温度相隔3度左右,如果连续三天出现零下温度,那么山上的柑橘树就会冻死一大片,不出五年时间,山上的柑橘树死光了。

经他这么一说,我仔细想了一下,山上还真的没有柑橘园。

虽然红心柚与柑橘不是一个品种,但是都属于芸香科植物,应该有同一品性。

不怕一万,就怕万一,我不敢拿他们的基地当实验田,我还想树他们当典型,更不想第一个项目胎死腹中。

另辟蹊径,水蜜桃怎么样?

水蜜桃不存在气候问题,四组下天井和六组大殿已有上百亩桃园,如果苦桑岭也种上水蜜桃,那么三处连片后便成了桃花岛。

窦成龙说想过,但是水蜜桃采摘期短、不易贮存。

窦家山97%的人居住在县城,整湾只有一对老年夫妇在家,采摘时如果劳动力跟不上,那么大量水蜜桃就要烂在树下;如果一时卖不出去,结果也是一样,这正是他们的软肋。

想去想来,最后敲定栽种银杏树。

得到农业专家认可,还得到扶贫官员责问。有人问我,知不知道银杏树多少年成材,多少年挂果。

我说50年。

50年?对方不屑一顾,说后年全市就要脱贫,这个项目与脱贫没有多大关联。

真是以其人之道还治其人之身,我一直强调上项目要与脱贫挂钩,这回是自己打自己嘴巴。

我说田地不能荒。

扶贫官员说,都宁早在 20 世纪 90 年代就宣布消灭了荒山,现在还谈这个问题是不是过时了。

我说我知道上短、平、快项目好,但是窦家山有窦家山的实际,目前最大的实际就是没有劳动力,有人种没有人收,如其浪费倒不如上一个长远项目。

对方这才不吱声。

不吱声不代表支持,但是可以代表不反对。

在南山县林业局的支持下,9000 棵银杏树苗很快运到窦家山。

人心齐,泰山移。居住在县城的窦家山人清早骑上摩托车回家栽树。我数了一下,一共 20 多台。不是单人单骑,而是多人单骑。还有几台农用车以及小车。中午吃干粮,天黑回县城。

第二天重复昨天的故事。

不得不佩服窦成龙的号召能力。不得不佩服窦家山人的团结、友爱、协作精神。

期间下了一天雨,雨停后继续。

一个星期时间,9000 棵银杏苗全部入土。

榜样的力量就是一面旗帜,其他组也跟着行动。

在家的村民不愿做旁观者,也要开荒造林,也要享受苗木免费政策。

我说一个政策坚持到底。

六

与此同时,光伏发电项目也在紧锣密鼓地进行。

正如颜飒爽副市长所说的那样,光伏发电项目不是脱贫的最优方案也是次优方案。通过了解，我认为是最优方案。

光伏发电属于一次性投入、20年受益的项目，按现有电价1.128元（国家发改委补贴0.42元，省级补贴0.25元，加上光伏发电并网后售价为0.458元）计算，六年可以收回成本。

市场无孔不入，我和骆河生支书只去了一个地方做调查，人刚回来，就有开发商主动联系上门。不仅如此，打电话咨询的也不少。这个局面正是我想要的，只有形成竞争关系，才有比较，才有选择。

在比较选择中，我摸清了行情。

市场上光伏发电品牌较多，每千瓦价格在8000到12000元之间。如果用新材料太阳能聚光板如单晶硅、塑料薄膜价格就高，如果用多晶硅制材价格就低。我的意见是：谁的价格低、谁的性能好、谁的售后服务好，就用谁的。

最终选择了多晶硅材料。

尽管单晶硅高出多晶硅发电量4.58%，但是它的成本却高出多晶硅50%。

尽管是最低价，尽管是好项目，但是老百姓嫌贵，不理睬，不接招。甚至有人认为，村委会联合开发商杀他们的黑。

好在没有怀疑工作队。

对老百姓而言，2.4万元的确有点贵，许多家庭全部存款也没有这么多。尤其是贫困户，2.4万元对他们来说是天文数字，让他们去哪里凑这笔钱。

有人说钱还是次要的，现在他们要弄清楚2.4万元是怎么构成的。也就是说，他们不想当傻子，即使吃亏，也要吃在明处。

我来回答比其他任何人回答要有说服力，工作队在老百姓心目中是好人。

我说，按千瓦计算得来的。家庭光伏发电站装机容量定为3千瓦，每千瓦成本是 8000 元。

接着我跟他们算账,每座电站年发电量 3600 瓦,年收入 4000 元左右,使用期 20 年,最长可达到 25 年。

明白了,看投入吓人,看收入可观。

划得来,就是拿不出钱。

我说不让出钱怎么样?

好。还有这种好事?

纷纷报名。

世上没有免费午餐,我说不让出钱的意思是,不让你掏一分钱的现钱,钱还是要出,只不过少出,只不过不是现在出,从发电收益中扣除。

要得,只要不出现钱就行。

不过,只对贫困户。其他人家可以安装,但是必须自己出钱。

这就是贫困户与非贫困户的区别。

要得就办手续,到镇农商行签订贷款协议。

要贷款? 贫困户没有想到。不干,最怕的是欠债,无债一身轻。

不是说不出钱吗?

的确不出。贷款 1.1 万元就能把 2.4 万元的光伏发电站安到自家楼顶。并且这 1.1 万元贷款从发电收入中扣除。

其余的钱谁出?

县政府有 0.9 万元光伏发电补贴,工作队奖 0.4 万元给贫困户。

原来如此。好。

17 户人家报名,10 户人家符合安装条件。

七

村集体光伏发电站建设遇到难题。

按照市委、市政府对工作队的要求,驻村集体经济年收入要达到 5 万元。所以在建站这个问题上,我主张建一座 50 千瓦的光伏发电站,这样年收入可以超过 5 万元。

多大好说,只要有钱,100 千瓦也行。现在商量建在什么地方。

有建议建到山上,也有建议建在工作队住所旁边。最后意见是建在长银滩村一组狮子垴荒山上。

承包开发商造了一个预算,大约是 75 万元。

我说黑。

我知道行情,这个预算高出市场价 50%,平均 1 千瓦达到 1.2 万元。

开发商说不是黑,是我不懂行。

这点我不承认,我可是研究了两个多月。

开发商说,高出部分是附属设施带来的。

相对于家庭小型发电站,50 千瓦光伏发电站多了一项变压器费用。由于现有变压器容量承载不起光伏发电所增加的负荷,必须安装一台 600 千伏·安的变压器,加上架设电线所需的电杆、电线、电缆和场地平整、围墙、值班室等费用,大约在 35 万元。这还是保守数字。

原来如此。看来我真是不懂行。

还有一笔更大开支,即人工管理成本。

电站建成后,至少需要请一个人管理,这个人不能是一般的人,还得懂点电工知识。依南山县现有工资水平,每月没有 2000 元请不到人。就按 2000 元计算,一年下来就是 2.4 万元。如果这个人责任心不强或者私心重,不时有老百姓牛羊进电站捣乱,遇上刮风打雷还会说这坏了那坏了,需要更换配件,一年就是好几万,等于这座电站为他而建。

如此说来没有建的必要性。

不能不建,我提议在村委会楼顶建。这样可以省去人工管理费、场地平整费、附属设施建设费等。缺点是场地小,只能安装 21 千瓦发电站。

还有一问题,就是村委会办公楼是危房,楼顶能不能承载 21 千瓦太阳能聚光板还是个问题。

骆河生支书说又不是豆腐渣做的,过去是危房,经过加固处理后,现在不是危房,已通过有关部门检测验收。

怎么又不是危房? 不过,不是就好。

我说等新的村委会办公大楼建成后,工作队再建一座类似的电站,到时大家提醒我,楼顶面积加大,争取装机容量达到 30 千瓦。

他们说到时你走了找谁。

我说自有后来人,新任队长也会这样做。

统一思想后开工。

建起来非常快,快得就像小孩堆积木一样。不过前提是,前期准备要充分。

很快建成,接下来是并网。

八

电力部门不并,要县发改局批文。

发改局说找能源办。

能源办说到政务中心窗口办理。

窗口人员给了一张表格,上面列出需要提供 6 种资料,等资料齐全后才能办理。

没有办法,回家准备材料。

备好资料后再次来到窗口。

工作人员一项项对照,有的打钩。发现少了第五项资料。

第五项是针对 30 千瓦以上发电站, 长银滩村 11 座发电站装机容量均不足 30 千瓦。

不行,现在改了,只要是发电站,无论大小都得要有第五项资料。

第五项资料是:提供光伏发电可行性报告或实施方案。

可行性报告好写,但是权威机构难找,章难盖。

谁是权威机构?权威机构在什么地方办公?

工作人员给了一张名片,上面有地址、电话、业务介绍等,打通电话就知道。

通了,对方说报告由他们来写,章由他们来盖,不过一份得交 2000块钱。

11 份就是 2.2 万元。

找谁报销?是开发商还是电站所有者。

难办。骆河生支书找到我,说贫困户 2.4 万元都嫌多了,现在又冒出一个 2 千块,要命不要命,怎么向他们解释。

我问有没有依据。

骆河生支书说没有,接着说有,就是这张白纸。

即窗口柜台上的那张一次性告之单。

骆河生支书说就是这个第五项,上面明明写了 30 千瓦以上才需要可行性报告,怎么现在又改了?

我问据理力争了没有。骆河生支书说讲了,可是人家不听。

还有这回事,我打电话问发改局局长,局长说他不清楚,要我找能源办主任。

电话打通了,我先自报家门,然后说明来意。

主任反应灵敏,说刚接到文件,只要是光伏发电站就得提供可行性报告……这样做是替用户负责。

我问谁发的文件。

他说上面。

上面只有两个,一个是南山县政府,一个是市发改委。为了上这个光伏发电项目,我两个单位没有少跑路,特别是市发改委能源科,许多奖励性政策都是他们告诉我的。

既然有文件,那么第一,应该公示文件;第二,应该把一次性告之单改过来,不要等人家上门讨说法再解释。

他说马上改。

我说我明天就去办手续,一定要看到文件。

第二天,骆河生支书再次去办手续,工作人员什么都没说给办了。

九

全市扶贫工作现场会在南山县召开,指挥部办公室通知我们队长参加。

既然是现场会,参观必不可少。

转来转去又到了通羊镇香菇生产基地。

事不过三,我已经来了三次,这次是第四次,所以有点麻木。

第一次是南山工作团发起的,我看了有点激动,觉得这是个脱贫好项目;第二次是南山县政府组织,我看得很仔细,记住每一个细节,想在长银滩推广;第三次是工作队和村委会带领村民和贫困户来参观,目的是推广这个项目。

谁知是剃头匠的担子——一头冷一头热,无论我怎么说,也请了专家来讲课,就是没有几个人响应。

都说穷地方的人懒,难道长银滩是这样?

不是,是吃一堑长一智,有过上当的历史。也是香菇食用菌之类的项目,还是外国菌种,也是政府号召推广,也是参观考察,还与大户老板签订了合作协议,农户只管生产,大户老板许诺以最低价格提供菌棒,以上一年市场平均价回收,真正的零风险、高利润,只有傻子才不心动。

结果是一场闹剧。

项目是真的,老板是真的,菌棒也是真的,就是不回收。不回收的理由是质量不合格或大小不达标。老百姓被激怒了,要打人,老板溜之大吉,后果由政府承担。

历史的教训不能重演,但是人总是好了伤疤忘了痛。

这个故事和老百姓的态度让我对这个项目有些心灰意冷。但是上面在力推。

下车后我没有去参观,而是和几个队长聊天,问他们上了这个项目没有。

惊人相似,他们所在村的老百姓也不感兴趣。上面一再强调这个项目好,要上这个项目,工作队不能压着鸡婆孵鸡崽,有两个队长顶不住这个宣传阵势和压力,老百姓不上工作队上,结果麻烦一大堆,动手就请人,请来的人磨洋工,劳务费已累结一大笔,估计是收入不够支出。

会议结束后我回村里进行传达,讲到香菇项目时,我再次寻问有没有人感兴趣。

两个组长说可以考虑,但是有个前提条件,就是工作队必须提供前期资金支持。

我想了一下,这个项目上级这么重视,一定有它的理由。是好是坏只能通过实践才能证明,现在有人想搞这个项目,何不支持,于是说行。

散会后私下里有人跟我讲,千万不要借钱给他俩,否则是刘备借荆州——有借无还。

我一笑置之。

其实我心里有数,不借钱,帮他贷款。老百姓有这种思想,认为工作队的钱是公家的钱,是送;银行的钱是企业的钱,要还。不能不说是进步,很长一段时间,不少人认为银行的钱也是国家的钱,可以不还。

然而我打错算盘,银行不贷。

我和老雷去找颜飒爽副市长汇报,洪中华副秘书长和舒凯科长在场。颜飒爽副市长说银行这种做法不对,她要找机会发声。继而又说,银行不贷你们借。

我担心不还。

颜飒爽副市长说,世上没有百分之百准确的事,如果有的话,过去国企那么多呆账、死账就不会发生。工作队借钱给他们的目的,不是逼着他还钱,而是要他起带头示范作用,从而把这个项目铺开。

颜飒爽副市长还说,财政给工作队 15 万元资金,就是用来奖励发展产业扶贫项目,简单地说就是给贫困户。不过,给要有分寸,不能让人家把工作队当傻子使,不能花公家的钱不心疼,不能让公款打水漂,要让老百姓明白,一分钱一份责任。钱是用来干事业的,不是给你乱花的。

我明白了,借和奖是有区别的,尽管目标是一致,但是效果绝对不同。

为了增加责任意识,在办理手续时,我有意在借款通知单上增设了一个还款日期及还款保证书栏目。

有压力才有动力。要还的钱等于是自己的钱,花自己的钱心疼。

的确起到了这种效果,他们拿到钱后不敢乱花,而是精心准备,自费考察,还请来技术人员现场指导。

然而结果不大好。

不知是技术原因还是菌棒质量问题,反正收入没有达到菌棒供应商所标榜的水平。

这时没有人承认自己有问题,

供应商说,一筒菌棒能出 2 至 4 茬 4 至 8 斤鲜菇,每斤鲜菇市场价是 10 元左右,也就是 40—80 元,除去 7 元菌棒成本以及人工成本、大棚成本,每筒菌棒纯收入可以达到 15 元左右。

事实是,每筒菌棒只能出 1-2 茬鲜菇,每茬只产 1 斤左右,鲜菇的市场价只有 5 元左右,与菌棒供应商所夸下的海口差一大截。

香菇项目就此打住。

两个工作队自办的香菇养殖场也是一样的命运。

十

好在香菇不是南山县名优特产品,不然的话,我那些同事、亲朋好友还以为我舍不得为他们代购。

要我代购最多的品种是土鸡蛋、土鸡、乡猪肉,每到星期五就有电话打进来,让我买点回家。非常遗憾的是,长银滩村民没有养鸡、养猪习惯,只有少数几户人家养头把猪、几只鸡过年,平时吃肉要到集市上购买。

俗话说富人不丢书,穷人不丢猪,长银滩人均收入只有 4000 元,是南山县最穷的乡村之一,为何长银滩人不养猪?

在长银滩贫困户中,年老体弱、无一技之长的人占有一定比例,养鸡、养猪劳动量不大,正适这部分人群,为何他们又不养?

他们可以享受"五个一批"中的政策兜底一批,但是兜不了底,现有政策中虽然有五项补贴(待遇)政策(一是 60 岁以上农民每月享受 70 元城乡居民养老保险待遇;二是 80 岁以上老人每月享受 30 元老年补贴;三是 1966 年 9 月 30 日之前出生的移民人口享受原迁人口 50 元移民补贴;四是家庭人均收入低于 2460 元的成员享受每月 50—120 元的低保补贴;五是领了残疾证的残疾人享受每月 50 元残疾人补贴),但是保障水平低,处在吃不饱饿不死的状态,要达到脱贫水平必须要有项目推动。

我认为养鸡、养猪适合他们。

他们说不赚钱，没有地方圈养，没有本钱。

我摸了一下行情，小鸡不贵，一个月大的小鸡12元。小猪有点贵，一头在1200元左右。贵的原因不是小猪贵，而是猪场老板精。仔猪按斤出售，每斤价格20左右，比猪肉贵7块钱。正是由于这7块，过去仔猪长到20斤就出栏，现在不长到60斤都不卖。老板赚了，老百姓却买不起，或者说买回来赚不了几个钱。

我决定为贫困户免费提供种鸡、种猪。

他们以为听错了，得到确切答案后又怀疑我说假话。

我说是不是假话试一试就知道。

他们看出我比他们还急，又来名堂了，说怕发猪瘟、鸡瘟，怕卖不出去。意思是让工作队保证不发瘟疫、包销售，不然就不养。

骆河生支书说包你结婚还包你生崽。

我认为有些东西可以包，有些东西不能包，工作队不能无所不包。全包不是好事，全包会养活一批懒汉，会培养一批没有责任心的人。

没有责任心就没有压力，就不珍惜当下。

工作队可以负有限责任。

有限责任就是给你鱼，还授你渔。

我决定举办第二期技能培训班，培训内容就是如何养鸡、养猪、养羊、养牛。

想法得到南山县人社局、就业局、元亨培训学校的支持，培训班如期开班。除了邀请市、县农业专家授课外，还请大户、能人进课堂，都宁邹道投资有限公司经理、养鸡专家邹钊、养猪大户徐赐进等养殖大户来长银滩授课。培训7天，结束后到养猪大户徐赐进家养猪场参观。

准备工作完毕，再不养工作队也不强求。

养。

4组组长、贫困户程恭理约了三户贫困户到县城一次性购回了8头小猪。

工作队开出了第一张领款奖励通知单送到三户手中。

是真的,不是忽悠人。消息传开后,捉猪成了一阵风,周边猪崽被长银滩人抢购一空。

从来不养猪的长银滩村成为养猪村,有109头存栏猪。同时还养了2万只家禽(鸡、豚、鸭、鹅)和27头牛等。

这还不包括非贫困户所养。

<h1 style="text-align:center">十一</h1>

五组单身汉阿指也要上项目,要工作队为他做一间避风挡雨的房子。

做房也叫项目,但是他不够条件:第一,他不是五保户。虽然他是贫困户,无老婆孩子,但是他今年只有45岁,没有满60岁,不够五保户标准。目前农村只有五保户才有资格享受政府援助建房;第二,他家刚起一栋二层半楼房,不存在没有房居住。去年10月我去他家调查时,他和他母亲正在自家新房工地上忙碌。年后我去他家,他和他母亲已搬进新房居住。

他申明,新房是他哥哥的,他仅在新房过了几天年就被哥哥扫地出门。好在他母亲可以住在新房。

我认为他哥哥做得对,对待他这种人就是要狠一点。

对他狠一点也许是为他好。他之所以45岁还没有结婚,就是因为不勤劳。

第一次见到他时,旁人说他是光棍,我不相信,因为他身强力壮,长得也顺眼,怎么就是光棍?

答案就是不肯做事。

我问他怎么不出去打工。他说没有文化、没有手艺,身体有病,没人肯雇他。

第二次见到他时,他在一组程欢畅家工地打工,我有些惊奇,怎么他没有去"开火车"?几天前我听他弟弟讲,说他在隐水洞风景区打工,干的是开电动火车的活。我为他高兴,他弟弟却给我泼了一盆冷水,说他干不了 10 天就会开溜。知哥莫如弟,之所以这么肯定,是因为他曾经带他一起到浙江打过工,刚好干了 3 天就不辞而别。他弟弟还佩服他,说他没有钱、不识字能安全回到南山。我问他为什么不开火车,他说不是不想开,而是不要他开,因为他在洞内吸烟,还迟到了 10 分钟,被老板两个山字一叠——"出"。我问他愿不愿意去温泉开发区打工,他又搬出文盲、有病的理由不去。我问他是什么病,他说痔疮、胃疼。

既然是他哥哥的住房,那么他符合避险解困政策。

听到我的介绍后,他很高兴,憧憬有新房住的日子。

我请他不要高兴太早,因为避险解困资金不够建一栋房子,得拿积蓄贴上才行。他说他没有积蓄,吃光喝光身体健康。

我问他想不想有积蓄,他说傻子才不想。

我说有一个办法……

他问什么办法。

我说做事。

他又搬出文盲、有病的老调。

我说不是文盲、身体有病,而是思想有病。为了证明他不是文盲,我举出他从浙江逃工回家这件事,如果是文盲就会迷路。

他说他迷路了,坐错了火车,加上身上没有钱,只买两站路程火车票,中途被列车员逮住交铁警处理,被关了半个月。正好就地一歪不走了,可怜的铁警没有罚到款,还倒贴一张火车票。到火车站还是不知道回家的路,这次是他主动找警察。警察把他送到长途汽车站,为他买了一张到南山的车票。到了县城就知道回家的路。可是没有钱买车票,只能沿着公路走了 4 个小时才到家,从此发誓不再离开南山。

既然外边的世界对他没有吸引力,那么有一件事对他肯定有吸引力。我问他想不想找老婆,他马上说想。

想就好,就怕不想。既然想就要拿出行动,行动就是做事,只有做事才有钱到手,有钱就有人跟他说媒,有钱就有女人找上门来。

他还是坚持自己有病,做不得力气活。

我说不能做大事就做小事,不能干重活就干轻活,养猪、养鸡总可以。

他说没有本钱。

我说工作队可以解决,只要他把猪、鸡捉回家来,工作队就按数量补贴他钱。

有这种好事?他嘴上没说心里怀疑。

我说工作队已对养猪、养鸡、光伏发电的贫困户给予了扶持,让他放心大胆地干。我帮他算了一笔账,养一头猪可以赚 1500 元,5 头猪就是 7500 元,加上打零工一天 150 元,一年赚 3 万元不费力,第二年就可以把老婆领回家过年。

他听了喜滋滋,说马上回家跟弟弟商量,准备养 10 头猪。

十二

一组党员程欢畅问我,带动贫困户脱贫有没有奖。

我说有。

他说他带动了 7 户贫困户脱贫。

我要眼见为实。

下午我和胡维到他家，人没有进屋就看到地下室有上十个人围坐一团。走近才看清是在分捡鱼虾，即把混在虾中的鱼、沙鳅、杂质进行分类。

由于虾的价格最高，虾的数量最多，所以虾唱主角。如果混在一起，就卖不出好价钱。

需要说明的是，富水湖不是虾最多，而是鱼最多，各种鱼都有，多了不值钱。虾虽少，但是物以稀为贵，加之虾不好养、不好捞，一户一天只能捞10斤左右，所以做虾生意的人少。

程欢畅听说我来了，忙赶到地下室。他指着7名妇女说："这些人都是贫困户，我请他们来干活，一天干3个小时左右，固定工资40元。"不用介绍，我知道他们是贫困户。

他还说，由于早上下雨，今天收的虾不多，但是他仍然给他们40元工钱。

7个人就是280元，他不亏本？

他神秘地说，亏不了，稳赚不赔。

他有两条机动鱼船，早上6点，他的爱人准时给两条船加足油；6点20分，他和他的两个儿子将两个电瓶、两块冰弄上船。电瓶用来给虾箱增氧用，冰是用来降温。虾对水体要求很高，如果缺少这两样东西，收回的便是死虾，价格就要大打折扣；6点半，父子迎着晨曦出发，到达慈口后兵分两路，一个朝北，一个朝南。不用吃喝，沿途有渔民等候，见到他的船便过秤上货，也不用讨价还价，价钱早就讲好，每天一个价——每斤6元。他儿子10点钟可以收工，他到家时一般都是13点。

船靠岸后，小儿子率领一群人马上忙碌起来，新虾入池，活虾装筐进货车。

货装好后马上发车，他押车，大儿子开车，目的地是汉口火车站附近。车是儿子的，用车付费，跑一趟武汉去年是750元，今年加价到950

元。

还是不用吆喝,他的下家早就在约定地点等候,过秤后入库付钱,每斤虾在 20 元以上,行情好时达到 28 元。每趟下地收到货款是 20000 元左右。

老子跑武汉,小儿子在家也没有闲着。他的任务是清理虾池中剩下的死虾。

活虾和死虾容易分开,倒入池中后活虾马上游出水面,网罗即可;死虾和小鱼、杂质沉入池底。

死虾并不是不能食用,只要没变质就可以利用。

这时他小儿子指挥工人对沉入池底的虾、鱼、杂质进行分类,小鱼、沙鳅装袋后送入自家冻库冰藏,第二天随活虾一起送到武汉市场变现。死虾凉晒,5 斤湿虾晒成一斤干虾,价格 20 元一斤,不愁销路。

整个分拣工作大约两三个小时完成。工人 16 点可以收工。

夜深人静时,他和他大儿子驾车到家。

这样的日子一年可以维持五个月,即每年的五一到十一。贫困户仅此一项年增收 6000 多元。

我肯定他的做法,等到收虾期结束后算个账,视帮扶效果再定奖励金额。

十三

市移动公司副总汤海打来电话通知我,山上移动信号基站竣工,即日起开始工作,问我信号如何。

我专程跑到山上跟汤总打了一个电话,不错,音质质量好,声音清晰。不过,我还要到郭家山、窦家山去试试。

放下电话后,我立即想到要跟南山县广播电视局王局长打电话,请他安排人来长银滩村安装调试"户户通"电视接收设备。

春节前，山上三个组村民找到我，说他们三个月前交了100元"户户通"电视安装费，却没有人来安装。马上要过年了，他们想看中央电视台春节联欢晚会。

要求很合理，我当即与市广播电视局陈副局长联系，让他督促南山县广播局派人来施工。电话管用，县广播局王局长来电话，遗憾地告诉我，山上没有移动信号，手机不通、"户户通"就通不了。

我觉得这个解释有点牵强附会，两者不是一个系统，风马牛不相及，怎么扯到一块来？我咨询移动工程技术人员，回答是不相干，没有联系。我又打电话市广播电视局陈副局长，他说有联系。

他与我是多年朋友，他的话我信。

既然有联系，那就只有等。现在移动基站开通，看你还有什么理由？

电话那头，王局长答应很爽快，说明天就派人来安装。

第二天果不食言。

话还没有说完，又来电话。

这种情况要在往日不会出现，有信号就是不一样。

是南山县政府办电话，通知我下午去县政府参加产业扶贫座谈会，并且特别强调，会议由胡小娟县长主持。

南山县委书记刚刚调走，现在是胡小娟县长总负责。

胡小娟县长今年34岁，快当满一届县长。来南山时她29岁，是全省最年轻的县长。如果不出意外，如果按照"书记是县长生的"理论，过不了几天她可能就是书记。

到了会议室才知道，不是所有工作队队长都请来，而是富水流域北片乡镇书记、镇长以及省市工作队长参加。

胡小娟县长解释这样安排是为了让每个参会人员都有发言的机会。

先是 5 个乡镇书记发言。

听得出他们情况都很熟,并且普通话也还标准。

讲普通话完全是因为胡小娟县长是外地人,怕她听不懂。

县乡这一级开会,一般讲本地话,谁要是讲普通话还会招来非议。

会场完全被胡小娟县长控制,她不时插话,态度坚决,不时表扬,也不时批评,有时还不留情面。

我注意到,穷乡镇在产业扶贫项目上动作不大,基本都是按部就班;而富裕乡镇就是出手不凡,大动作不断。

要是遇上好大喜功的领导就会表扬"出手不凡,大动作不断"的乡镇书记,胡小娟县长却批评他们,责问他们这些大动作与贫困户脱贫有多大联系。

她拿出省扶贫考核验收文件晃了晃,说考核验收的对象是贫困户,考核组要入户跟贫困户一笔笔核实、算账,收入是否达到脱贫线最为重要。因此说,扶贫工作的重点是瞄准贫困户,而不是千亩基地、漂亮办公楼房、宽敞马路……还有一项指标很重要,就是请贫困户对扶贫工作队、对政府扶贫工作进行满意度测评,达不到 90 分说明你的工作有问题。如果你们十天半月不跟贫困户打一次交道,成天与老板泡在一起,那么贫困户会给你高分吗?

刚才还是趾高气扬的富乡镇书记,这时是霜打的茄子——蔫了。

胡小娟县长接着对我们在座的工作队队长讲,要我们不要听支书的话,支书就想把工作队扶贫的钱用在修桥筑路上,把村委会搞得漂漂亮亮,贫困户得不到一点实惠。

说得很直接,也有针对性。

接着由工作队队长发言。

我先汇报工作队在长银滩村所做的事,然后谈了三点体会:

一是不能弃小贪大。我说大项目有看点,正如胡小娟县长所说的,的确与贫困户脱贫联系不是十分紧凑。我举了李老板猕猴桃园的例子，贫困户在里面得到的收入不是想象的那么多。先说租金收入。第一年租金全免，第二年至第六年每亩租金是50元，以后每年100元。也就是说，前五年每年租金收入是4000元，这笔钱不是补给贫困户，也不是村组平均分，而是村组得小头，土地原有承包人得大头，贫困户收入微不足道。再看劳务收入，挖地翻土全程由机械化作业，贫困户有力使不上。栽苗上肥需人工作业，有劳动能力的贫困户能够派上用场，每天能赚到100元左右，可是这样的日子不是天天都有，四天后结束。此后贫困户只能看着小苗长成大苗，却无缘参与其中。三年后成熟挂果，需要人采摘，但是也只有几天时间。这样算下地，贫困户一年在基地打工的时间大约只有十来天，收入也就是1000元左右。因此说，大项目大基地能够改变人们的思想观念，却与贫困户脱贫关系不大。要脱贫还得靠自己上项目，养猪、养鸡虽然是小打小闹，但对于一个家庭而言是大打大闹，随着规模的扩大，也大有出息。

二是不能只吹冲锋号。我说农民几千年来崇尚无债一身轻，养猪、养鸡、种香菇、光伏发电固然好，但是让他贷款背债就不好。不能"不发枪不发炮，只吹冲锋号"，说得天花乱坠，不如拿出实际。没有钱给钱，没有技术送技术，没有销路找销路，贫困户就跟着工作队干起来，猪崽捉回来，鸡崽抓回来，光伏发电站上楼顶，贫困户觉得这个日子有搞头。

三是不能当甩手干部。致富的门路、项目很多，但是贫困户不知道干什么合适，这就需要工作队参谋或引导，项目落地后工作队要跟踪指导。上半年当好联络员，下半年当好推销员，把贫困户手中的农产品推销出去，才算完成任务。

胡小娟县长认为我讲得好，肯定我这种把眼睛盯在贫困户身上的做法。

几天后，市委副书记、市扶贫指挥部常务副指挥长吴朝晖来南山县慈口乡调研。他同样强调扶贫工作不能搞花架子，不能搞政绩工程，不能搞眼球经济，要把精力、财力、物力集中投入在贫困户身上。他还解释了眼球经济的含义，就是搞花架子，用肤浅的"高、大、上"博得领导的眼球。

第五章　农商行长

一

　　小车从市府温泉出发,一路高速,一路高歌,到长银滩村只需一小时二十分。如果坐公共汽车,那就是一上午。差距之大是因为要转三次车:一次市内公交,一次县际长途,一次农村客运。运气好的话,可以赶到工作队吃中饭;不好,就只能中餐、晚餐一起吃。

　　如果不到县城办事,我一般是星期一上午9点半左右到长银滩村。

　　入村口时,骆河生支书打来电话,问我到了没有,大场镇农村信用社陈新华行长找我。

　　准确地说,是大场镇农村商业银行陈新华行长找我。

　　现在已经没有信用社,改名了,叫农村商业银行,简称农商行。

　　招牌改了,但是叫习惯了,难改口。不仅老百姓难改口,网上银行的名称还叫信用社,有一次我在手机银行上缴工作队电费,找开户行农商行,找到手机没有电都没有找到。

　　话还没有说完,我在车上看到一群人站在工作队门口。

　　正是陈新华行长一行。

我与陈新华行长不熟也不生，如果算上这回，也只是第二次见面。

第一次见面是在5组组长香菇基地上，大场镇党委书记金正德在场。长银滩村贫困户急需要贷款，我与他不熟，于是曲线救国，请金书记约他，这就来了。

我说出贷款想法。

他一口回绝，没有商量余地。

当时香菇正是南山县政府力推的扶贫项目，5组组长也是我做了好多工作才同意养菇。如今大棚已经搭好，只等拿钱买菌棒回家。

我说眼前这个项目已经是骑虎难下，也可以说是等米下锅，请求给予考虑。

金书记一旁帮腔。

千言万语打动不了他。我有点生气，金书记也一样。但是银行不属于地方管辖，干部是一条边管理，他不听话地方也无权撤换。

当然，要动真格还是可以撤换，可是如今没有人愿意动真格。

我没好气地问他，什么情况可以贷款。

他说有偿还能力就可以贷。

我说项目建成后，赚了钱不就有偿还能力？

他说万一亏了怎么办，找谁还贷款？他还说，贷款实行终身负责制，谁放出的款谁负责收回，收不回就问责，小则停职收款，大则撤职处分，甚至开除坐牢。

原来他是怕开除坐牢。那么干脆关门停业，这样百分之百零风险。

他不生气，也许这样的话听得多，多了也就无所谓了。他说，贷款有两个前提条件，要么县城有房，要么家中有公务员亲戚；县城有房可以办抵押贷款，有公务员亲戚可以办担保贷款，否则免谈。

我问对贫困户是否有优惠政策？

他说没有，一视同仁。

好个一视同仁？我说不是这回事，南山县领导在会上讲过，并且不止一个领导讲过，还不是在一次会上讲过，说贫困户贷款是无担保、无抵押、无利息，简称"三无"。

他说没有听说，没有接到通知，就是有通知他们也不会执行；他们只执行上级银行的文件。

是实话，但是听起来不舒服。

一条边单位多少有点这种傲气。

我问农商行对贷款有哪些规定。

似乎正对他的路，他一口气说得清清楚楚，明明白白。看得出他业务熟稔，政策水平很高，是位称职的行长。

我做了梳理，总结为三不贷：60 岁以上老人不贷，没有偿还能力不贷，非光伏发电项目不贷。

他说正确，也是这样在执行。

还好，光伏发电项目可以贷款。正是由于这一条，长银滩村几名贫困户拿到了 1.1 万元贷款，不过手续烦琐，程序过多，周期过长，搞了十天半个月才把手续办妥。

他走后，我翻出南山县人民政府办公室 62 号文件认真学了一遍，明明有优惠政策，他却说没有，是什么意思，是明知故犯还是想与县政府对着干？

对着干不可能，尽管是一条边单位，但是要在地方发展业务必须依靠当地党委、政府。

晚上睡觉前，我把陈新华行长所说的"三不贷"和县领导所言的"三无"结合起来，写了一段话，发到南山精准扶贫微信群上，请大家指点迷津。

这个群是南山县县长胡小娟所建，群主就是她，颜飒爽副市长也被她拉进群里。群里其他成员大都有来头，涵盖各乡镇书记、镇长、县直相关局长、主任,省市扶贫工作队队长也被她拉进群来。

没有想到我的一段话成了告状信。

于是便有文章开头一幕。

二

他们这次来是负"文"请罪。

文,就是文件。

估计是他们领导挨了县长批评,责令他们来解释。

听完陈新华行长介绍,我才知道来者不止农商行一家,还有县人保财险公司。

陈新华行长先是出示县扶贫办、财政局、农商行、人保公司 14 号文件,再解释"三不贷"与"三无"对立的原因。

他说他们执行的是 14 号文件,而县政府办 62 号文件至今他们没有看到。

他让我看文件。

14 号文件是关于扶贫贷款职责分工,我的第一感觉是与 62 号文件没有矛盾,应该说是 62 号文件的延伸,或者说是落实 62 号文件的具体行动。

不过,如果没有看到 62 号文件,也就不知道"三无"的存在,所以坚持"三不贷"没有错。

14 号文件没有否定"三不贷",而是具体化,也可以说是县政府对"三不贷"的适应和变通。

满纸体现了一个"变"字。

抵押、担保仍然存在,不过不是要贫困户找商品房抵押、找公务员担保,而是县政府找到了替代的人,这个人就是中国人民保险公司南山县财产保险分公司。

贷款要利息也是依然存在,不过不是要贫困户支付,而是由县财政局支付。

你能说陈新华行长回答是错误的吗?

你能说县领导所言的"三无"不存在吗?

至此我明白了,"三不贷""三无"都成立,错就错在不能把两份文件分开贯彻。

冰释前嫌,就算给我上了一堂金融知识课。

既然"三无"成立,那么我就要为长银滩贫困户申请贷款。正好四组两个贫困户方礼义、程英雄想承包石壁地水库养鱼,找了我好多次,想贷款,何不借这个机会现场办公?

陈新华行长立马表态,说他没有问题。

潜台词是有人有问题。谁?

他,陈新华行长指着保险公司董经理。

董经理说行,不过不能现场办公。因为他不管这一块业务,回家后马上通知大场片业务经理来长银滩考察。

又是考察?

董经理说考察程序必不可少,考察的内容包括贷款人是否有经济实力,项目是否赚钱,是否有偿还能力……

不用解释,我懂了,就是把银行那一套搬过来用一遍。

董经理点头称是。

我说这是换汤不换药。

董经理说是学习借鉴。

我说不用考察,肯定不符合你们的要求。贫困户哪来经济实力,哪来偿还能力,如果有,那么就不是贫困户。现在只剩下一条,就是项目是否赚钱?贫困户说能赚钱,如果你们说不赚钱怎么办?

陈新华行长说他不管,只要保险公司出具担保书,他们就放款。

等于把风险转嫁给保险公司,聪明。但是保险公司不是傻子,担保书不会轻易就出,也许有一套更加严格的程序在等着贫困户。

银行是"三不贷",保险公司也许是"四不贷",甚至"五不贷"。

董经理说他们这一级没有出具担保书的权力,只能一级级上报,等省公司批准后才能出具担保书。

越搞越复杂,还多出两道环节。真是前脚走了狼,后脚又来虎,一个比一个厉害。

董经理说没有办法,担保书就是钱,涉及钱的事不能不谨慎。谁出担保书谁负责,不然担保有误,就得由担保人还贷款。说完,董经理出示了一摞资料,是项目考察报告、担保审批表,上面盖了基层公司的公章,正准备一级级上报,直到省公司。

三

方礼义、程英雄等保险公司来人考察等了半个多月,实在等不住了,程英雄跑到工作队找我,说不能贷款就借款。

我问找谁借。他说找工作队借。

我说工作队又不是财政局,也不是银行,拿什么借。

他说正由于工作队不是财政局、不是银行,所以才敢开口,因为财政局、银行的钱是给有钱人用的,只有工作队的钱是拿来给穷人的。

总结得蛮好。

我说"给"是有条件的,是要与项目挂钩。

他说他养鱼就是项目,别人借得他也借得。

我知道他指的这个"别人",就是两个种香菇的组长。

是的,同是贫困户,不能厚此薄彼。何况还有一个是 2014 年的贫困户。

我说我没有这个权力,要借钱找颜飒爽副市长。

他让我跟颜飒爽副市长汇报。

我说不用汇报,首先我这一关都过不了,因为香菇养殖项目是推广项目,而养鱼项目只是传统项目。两者的区别在于一个有风险,一个无风险。香菇养殖在长银滩没有第二家,养鱼已有 80 多家。

他说他还要养牛、养鸭、养豚,计划投入 20 万元,比香菇投入要多出五六倍。

我劝他慢慢来,一步步来,成熟一项发展一项,先把鱼苗投进去,等贷款到手后再进行下一步。

他说没有钱买鱼苗。

这点我相信。我去过他家,知道他家情况。不过好办,工作队每尾鱼奖他 2 块钱。

他马上来了精神,说要养一万尾,一万就是 2 万块钱,要我给他 2 万元现金。

我说不可能。

他有点愕然,刚才不是说得好好的,每尾奖 2 块,怎么一下子变卦了?

我说先做后奖,先把鱼苗投进去,工作队派人到现场核实,还要拍照留存,奖金按照实际投放量核发。

他明白我的意思,是不相信他,怕他弄虚作假。

我说有这个意思。

不是不相信人,而是有人喜欢钻制度上的漏洞。假如不实行先做后奖,凭嘴巴一答就拿奖,那么领奖的人排成队,这是其一。其二,拿到奖后不履行诺言,或者做一半留一半。有人跟我报告过,说有个贫困户,计划申请养 4 头猪,其实只想养 2 头,另 2 头的奖金拿来购买猪饲料,并放出风声,要让工作队给他养猪。我怕这种事发生,于是防了一手,无论他怎么发誓、赌咒我都不松口,坚持先看到小猪进猪圈,才兑奖。

如果不实行先做后奖,那么工作队就是有金山银山也不够发奖。

正说着,方礼义来了。

方礼义是程英雄的姐夫哥。工作队未进村时,他们两个都在县城打工,家中没有人。我去他们家几次,均是门上一把锁。听组长介绍,再看他们的住房,用寒酸来概括没有错。

方礼义家是土坯房,估计是 20 世纪 70 年代末期、80 年代初期建造。虽然有三间,但是千疮百孔,加上房前屋后的野草,以及大门旁堆放的枯柴,估计有上十年没有住人。朱的爱人、也就是程英雄的姐姐去世多年。家中有一个孩子在武汉上高职高专。

相对而言,程英雄的负担要重一些,有一个 70 岁老母和 2 个孩子,夫妻两人在县城打工,全家住在县城,家中两间房建于 1988 年。

穷则思变,听说工作队来后鼓励贫困户发展产业,兄弟俩认为翻身的机会来了,于是合计回家创业。起初目标很大,想养 200 只羊 50 头牛。

我问他 200 只羊 50 头牛要多少成本,过去养过这些东西没有,家中有多少积蓄。

他说成本不知道,小时候放过牛,家中没有积蓄。

我佩服他的勇气,创业不能脱离实际,完全依赖贷款创业,等于是在跟银行打工,还是先从小事干起,先脱贫,再创业,再致富,不要指望一口吃成个胖子。

他听从了我的建议,计划少养一些。就在这时,五组通村公路修到石壁地水库边,水库是他们四组的地盘,于是想到承包水库养鱼。

我把刚才跟程英雄说过的话给方礼义再重复一遍,希望他们不要等贷款,先把养鱼项目搞起来。

四

方礼义来工作队领奖。

昨天他投放了 2500 尾草鱼,按制度规定应奖他 5000 元现金。

拿到领款通知单后,他问还有没有奖。

我说还有,只要有项目。

有项目必奖是工作队向贫困户作出的承诺,同时也是市委、市政府授予工作队的权力。

怎么奖,奖多少,奖哪些项目,奖哪些人,全市没有统一的标准和规定,由各个工作队根据实际情况,自主决定。

自主决定不等于乱决定,财政随时可以监督。

为了实行有效监督,市财政给每个工作队 20 万元资金放在工作队所在的乡镇财政所账上,由财政所管理、监督、报账,工作队每一笔开支必须经过财政所同意,否则报不出来。

当然,一般情况下报账还是方便,只要有队长签字,只要手续齐全,财政所一路绿灯。

我遇到过一次红灯,那是因为我没有拿到市财政局的批文。

起初我没有留意,以为动用 20 万元只要队长审批就行了,殊不知用这笔钱还要造计划,还要报市财政局审批,批准后方可动用。

难在这个计划上,谁知道一年要做哪些事。大机关好造计划,一年要做的几件大事很清楚,然后加点原则话和大话、空话就成了。工作队面向贫困户,一户一策,说大话空话没有用,怎么造计划?

只能说含糊话、模棱两可的话,不然年终检查起来一笔笔对照,不是专款专用就是挪用,就要承担挪用公款的责任。

计划通过了还没有结束,还必须造好明细账,不然出现亏空谁来弥补,财政绝对不会追加。

如果简单求快那也好办,用15万除以贫困户数,便得出所要的结果。譬如说我们长银滩村,计算公式是:150000(总额)÷65(户数)=2307.7元,也就是说每户可以领到奖金2300元。

按照这个标准执行,不会出现亏空,不过是懒政的表现,因为还有许多贫困户不在家,还有部门援助资金这一块也要算进来。长银滩村65户贫困户,常年在家的只有43户,还有22户在外打工。资金上也不只15万元,还有市审计局的20万元帮扶资金要算进来。

有的地方也许还有捐款这一块,所以说各方因素都要考虑进来。

仅有这些还不够,还有一个因素要考虑,就是项目成本。

项目成本又分为市场成本和奖励成本,要把两者结合起来考虑。譬如说一头猪和一尾鱼,市场成本差别很大,当地政府奖励成本差别很大。《南山县精准扶贫扶持产业发展实施办法》规定,养两头猪以上的,每头奖500元。我们奖700元,因为一头猪成本在1200元左右;南山县一只鸡奖10元,我们奖2元,因为市场上鸡种的价格是12元……这些措施,都是为了激励贫困户发展产业扶贫项目。

综合考虑各种因素后,我们还设定了奖励封顶线,即每户4000元。

这个4000元可以说是颜飒爽副市长设定的。当初上光伏发电项目时,每户得投入2.4万元,颜飒爽副市长说工作队负责个零头,即4000元。当时我还有点犹豫,因为颜飒爽副市长规定三家帮扶单位共计80万元资金没有音讯,即使把财政给的15万元全部奖给贫困户都不够,这还不考虑还要为村集体办点事。好在审计局拨来了20万元,这才让我有了底气。

尽管审计局打了折扣,但是20万元也不是小数目,至少可以考虑上村集体光伏发电项目。

审计局领导不同意我的说法,说他们不是打折扣,而是分两步走,剩下的 10 万元要等人社局的 30 万元到账后再拨。

审计局不拿残联说事,因为残联是个小单位。人社局就不同了,既是大单位,又是队长单位,理应起带头示范作用。

俗话说得好,重奖之下必有勇夫。当然,工作队这个奖也不叫重奖,即使 4000 块钱全部给老百姓,靠这点钱也发不了财,只能说是态度问题,表明党和政府是真扶贫、扶真贫。长银滩老百姓不是唯利是图之人,他们敦厚、诚实,懂得知恩必报,只要你给了他们一点好处,只要你真心实意为他们服务、办事,他们心中有数,会永远记得你、配合你、服从你调遣。如果你一毛不拔,他们也有一毛不拔的办法对付你,那就是:你说你的,他做他的。

这就叫将心比心,以心换心。

有封顶线并不等于不能逾越,只要有新项目,即使过了封顶线也有奖,只不过奖金额度小一点(标准的三分之一)。同时对带动贫困户脱贫的大户也进行奖励,以此促进大户能人回乡创业、共同致富。

附:长银滩村产业扶贫奖励办法(摘要)

一.奖励对象

(一)贫困户;

(二)带动贫困户的农户。

二.资金来源

(一)财政专项资金;

(二)单位帮扶资金。

三.奖励标准

(一)对贫困户:

1.安装 3 千瓦光伏发电站,奖 4000 元;

2.养猪、牛、羊每头奖 700 元;

3.养蜂每箱奖 100 元;

4.养鸡每只奖 2 元;

5.养鱼每尾奖 2 元;

6.种香菇食用菌每筒奖 1 元;

7.开发荒山 10 亩以上的,奖苗木;

8.其他项目。

以上奖项,每户原则上封顶 4000 元。

(二)对带动贫困户的农户:

1.带动贫困户脱贫、效果明显的,每带动一户奖 500 元;

2.开办电商网店,推介本地农副产品、销售质优价廉农资产品,效果明显的,每店奖 1000 元;

3.开办农家乐并接纳贫困户就业,且经营时间超过半年以上的,每店奖 1000 元;

以上奖项,每户原则上封顶 4000 元。

四.相关事项

1.鼓励贫困户多上项目,对已领足 4000 元奖金、但有意发展新项目的对象,可以给予适当奖励(一般为标准的三分之一);

2.为主导产业服务的附属项目,如水电路等,可以给予适当奖励;

3.遵循"项目不上,奖金不给"的原则;

4.奖金申领、发放程序严格按照都财农发【2015】208 号文件执行。

五

保险公司始终没来人,打电话也不接,就在我准备上门讨说法时,县农商行行长姜大为来长银滩。

他说他是专程来找我,听取我对贫困户贷款的意见和建议。

县农商行搞了一个《南山县精准扶贫贷款办法》,其中贫困户贷款占有很大篇幅。

我正要找他,有话要说,先不看《办法》,先问他保险公司为何说话不算话。

我的话有些突兀,还可以说是问错对象,因为对方是银行行长,保险公司的事理应问保险公司。

姜大为行长马上明白我的意思,说准备办完正事后再跟我说这个事,没有想到我比他更急。

他说保险公司被踢出去了,贷款的事还是由他们农商行全权负责。

我说这就对了。

他解释被踢的原因,就是保险公司流程长,审批复杂,办事效率低。一个项目从考察到上报省公司,到批下来,没有几个月行不通。14号文件实施以来,他们还只为几笔贷款提供担保,所以大家都有意见。用业内人士的话来说,叫谨慎有余。

当然谨慎没有错,但是项目不等人,特别是农业项目,季节性强,真是过了这个村没有那个店。

我说好,贷款本来就是银行的事,你们硬要拉着保险公司来凑什么热闹。

他说不是我们,而是县政府要这样做。

当初县政府的想法是好的,贫困户偿还能力有限,既没有值钱的实物抵押,又没有公务员亲戚肯出面担保,想去想来,才想到请保险公司担保。没有想到,保险公司在其他农业保险项目上做得顺风顺水,却在贫困户贷款保险项目上不尽如人意。

一个人有意见好办,大家都有意见说明有问题,县政府只能忍痛割爱,中止了与保险公司的合作。

说完这些,姜大为行长再请我看他们的《办法》。

我对农商行也没有什么好感,说话不遮掩,有话直说。我说《办法》是写给人看的,至于执不执行可能是另外一回事。

他知道我说的是气话,却没有一点生气的意思,始终是笑脸相迎。

他说,这回是动真格,要与过去不满意的行为告别……《办法》通过后,就按《办法》执行;白纸黑字,想赖都赖不掉。

伸手不打笑脸人,我还没有见过这么低姿态的人,于是接过他的资料。

没有从头到尾浏览,捡重点部分看。

姜大为行长一旁等待。

看完后,我说新意的东西不多,我最关心的两个问题:担保、抵押依然存在,要我提意见的话,就是把这两条删除,把"三无"加上去。

姜大为行长笑着说删不得,任何银行都有这两条。

我也知道删除不得,但是南山县农商行情况有点特殊,据说县政府把给保险公司 6000 万元风险金给了农商行,要求农商行按 6 倍的比例、即 2.6 个亿的额度进行贷款。

他说没有这么多,也不叫风险金,是扶贫办的账户设在他们农商行。

也就是说还有特殊关系。既然有特殊关系,那么就要有特殊的政策,譬如对那些市场前景好、风险可控的项目,就应该考虑不要担保、抵押。

他说考虑了这个问题,对贫困户有特别政策,只不过没有写。

怎么不写呢?

他说只做不写有只做不写的好处。

他诡异一笑。

我能理解。

接着谈贷款手续简化的问题，我希望程序简单一点，流程优化一点，最好是现场办公。

他说是是是。

我说长银滩一个光伏发电项目贷款，把夫妻两个搞到镇银行跑几趟，搭车费、误工费算起来是一笔不小的开支。对贫困户而言，能节约一分是一分。

他说以后只要农民跑一趟银行，因为有些手续不能少，并且是在计算机系统内操作。

他始终是一脸微笑，无论你是激他、气他，还是表扬他，他总是那么和善，加之长得慈眉善目，让人不忍心再提意见。

他说还要去下一站征求意见，我请他转回时到方礼义、程英雄承包的水库去看看。

他一口答应。

六

姜大为行长打来电话，说县行已同意为方礼义、程英雄养鱼项目10万元贷款，三日内放款。

我听了这个消息比两个贷款人还高兴，要知道这是我来长银滩后贷到的第一笔非光伏发电项目款，并且数额可观。

胜利来之不易。

我有点得寸进尺，更想乘胜追击，因为还有几户人家要贷款，找了我几次，我想请姜大为行长来现场拍板。

没有想到他一口答应，第二天就来了。

有贷款意向的有3家，项目都有点大，投入比较多。我分析了一下，长银滩老百姓淳朴,不怕穷就怕背债,崇尚无债一身轻,所以许多人宁可过紧日子,也不会举债上项目;宁可小打小闹过小日子,也不会冒险去赌一把。有贷款需求的人,都是见过世面,或者走南闯北的人,他们见多识广,胆子大,敢冒险,敢担当。可惜这样的人太少了。

我想,长银滩安静了这么多年,现在需要有几个能人来搅局。

姜大为行长的越野车停在工作队楼下,我下楼。姜大为行长从副驾驶座位上下来,请我坐上去。

这个位置是行长宝座,我不能占了他的位置。

他说不是礼让,是请我带路。

我不再推迟。

越野车是爬坡高手,同时也是走山路、土路的高手,一路畅通。

上山后拐进一条山沟,进入了一条由风化石铺成的山路。过去来这里只能步行进来,工作队出资把这条路修好,现在不管是晴天还是雨天,不管是大车还是小车,随时都能开进来。

走了大约十分钟,到达施工现场。

这里正在修建一个养猪场,占地面积在 10 亩左右。

从工程进度看,开工有一段时日,场地平整已完成,正进入建猪舍阶段。

现场有十来位工人正在忙碌着焊铁架。

我们刚下车,一名瘦小的农民迎上前来。

我给姜大为行长介绍,此人叫方登高,养猪场是他所建。

姜大为行长边走边看边问,看似一副不经意的样子,却件件与贷款有关。

姜大为行长问他是不是贫困户,计划养多少猪,有没有技术,销路怎么解决,计划投资多少,已投多少,年收入多少,想贷款多少。

方登高一一作答。

他不是贫困户,但是他父亲是贫困户;父子不分家,也算得上贫困户。

他父亲是残疾人,73岁。

他原本在江浙一带打工,有一手焊接好手艺,红极一时时,手下有上百名员工,承包过上千吨货船焊接技术,赚过大钱,见过大世面。可惜市场变化快,好日子还没有过到头,遇上国际金融危机,造船业受到严重影响,一些船东为了减少损失,找各种各样的借口延期收付,甚至干脆不要已经建好的船舶,这样他由富人变成穷人,从此再也没有大富大贵过。

好在天荒饿不死手艺人,虽然回不到大富大贵的日子,但是比起一般打工仔,他的日子还是过得有滋有味。去年回家过春节时,听说村里来了工作队,而工作队又拿出真金实银来帮助鼓励贫困户脱贫,他便有了回家的念头。

正在这时,有人约他养猪,条件还诱人,对方提供猪崽、饲料、技术、销路,他只需建猪棚、喂点食,等猪长大后,他不管销路,只管数钱,按斤付费,一头猪大约能赚300块钱左右。

一头猪300元,十头猪3千元,养上300头猪就是10万元,行,跟在外打工差多少。

他还有自己的小九九,即向内挖潜,利用对方的技术、饲料、销路,另养100头属于自己的猪。如此一来,又有一个10万元进账。

划算,一拍即合。

由于打工有点积蓄,所以不愁钱投资。没有想到,前期费用尤其是挖机费用太高,工程只完成一半,而存款花得差不多,这才想到贷款。

姜大为行长将数字在脑子过了一遍,很快就有了结果——问他需要贷多少。

他说10万元。

姜大为行长说5万元应该差不多。因为后期主要是人工费用。

我说折中，7万元。我是随口答哇哇，无凭无据，有点像集贸市场讨价还价。

姜大为行长脑袋就像一台小型计算机，转得非常快。明知道我是随口而出，却为了照顾我的面子，说可以考虑。

等于成交。

再到第二家。

是养鸡项目。贷款申请人跟方登高有点相像，也是在江浙一带打工，也是有点积蓄，也是听说工作队来了鼓励脱贫致富，于是在家门口投入15万元，建了一个养鸡场，计划养5000只蛋鸡，一年内收回成本。

我们到达现场时，鸡场已建好，只等银行贷款到手再抓小鸡。

姜大为行长问贷款人，一年内收回成本有没有把握。

他说只有多没有少。他养的是蛋鸡，小鸡长到两个月就下蛋，以后每天一个蛋，这样一天就是5000枚蛋。目前市场上一枚鸡蛋是0.5元左右，他家一天鸡蛋收入是2500元左右，一年就是80多万元，除去人工成本和鸡饲料、销售成本，一年纯收入20万元没有问题。

他补充说，这还是保守估计。

鸡蛋价格也许没有谎报军情，但是一天一枚蛋有点怀疑。姜大为行长自己没有养鸡，但是他母亲养了鸡，从小他就知道母鸡三天下一枚蛋，到了大热天和冬天基本不下蛋，难道他们家养的不是鸡，而是下蛋机器？

他拍胸保证没有说假话，他爱人姨父已养了五年鸡，一只鸡一天一个鸡蛋，从没有间断过。不仅他看了眼红，他家所有亲戚都看了眼红，都跟着在养鸡。

如此说来还真是个好项目。姜大为行长问他需要贷多少。

他说10万元。

姜大为行长又是那句话,可以考虑。

为什么不果断一点说行?

他又诡异一笑,笑得很可爱,就是不回答。

也许是商业秘密。

第三家是垂钓休闲农庄,建在富水湖边,离岸有 300 米远,面积有 500 多平方米,正在装修,估计还有半个月就可以开张。

车停在公路边,我站在岸边喊陈迪望,让他把船划过来接我们上去。

工人说陈迪望去了县城。

我马上打通陈迪望的电话,问他能不能赶回。他说下午回。姜大为行长说不等了,下午他还有个会,现在就赶回县城,剩下的事交大场镇陈新华行长办理。

七

俗话说得好,什么样的师傅带什么样的徒弟。陈新华行长把姜大为行长那一套学得差不多,对待我不再是初次见面时的那个陈新华行长。

确切地说,有过之而无所不及。

人是有感情的动物,人敬我一尺,我敬人一丈,陈新华行长越是尊重我,我越是替他着想,有时反过头来替他说话,不再有挑剔的言行。

也许他和姜大为行长也感受到我的变化,所以我们相处非常融洽,彼此珍惜这份友谊。

村里老百姓看出我们这层关系,只要是贷款,首先想到的不是去银行,而是想到我。

南山县宏阳新能源公司程进呈经理找到我,说要贷款。

按理讲,他家应该不缺钱。他儿子在桂林做生意多年,家中有一定积蓄。大女儿在湖南当小老板,小女儿嫁到台湾,两个女儿每年给两个老人都有孝敬钱。他本人退休前在长银滩卫生室当医生,每月有固定收入。他爱人勤劳肯干,在长银滩建有苗木场和桃园。可以这样说,他们家从来都不缺钱,现在怎么想到贷款?

老伴怪他摊子铺大,他怪长银滩没有跟他结账。

长银滩没有跟他结账我知道。确切地说不只是没有结账,他还贴进一大批笔。

长银滩上光伏发电项目,村委会没有拿出一分钱,贫困户也没有拿出一分钱,除了收到每户 1.1 万元贷款和工作队 4000 元补贴外,其余的钱都是由他垫付,还有 26.8 万元应收款没有结账。仅此一笔他还挺得住,前不久隔壁邻村也上光伏发电项目,他公司中标,却没有流动资金,找到我请求将村集体 21 千瓦光伏发电站的钱提前支付给他。我没有答应,理由是:第一,工作队的确答应了承担这笔费用,但是工作队只能跟村委会结账;第二,发电站还没有并网,等于工程没有完工;第三,工程结账有一定程序,必须走完程序才能结账。见我说得在理,他改口借钱。借钱更不可能,现在正值贫困户上项目高峰期,工作队账上的钱必须保证用在贫困户产业发展项目上。他再改口贷款,想请我出面做银行工作。

不能不帮,他为长银滩村贫困户上光伏发电项目做出了贡献。不过,我不能保证能贷到款,因为他不是贫困户。

他说不要我保证,只要我出面他就感激不尽。

我联系上陈新华行长,简单说明了情况。陈新华行长说马上到长银滩。

搞反了,按理讲应该是程进呈经理去银行。

见面后,程进呈经理介绍了自己的情况,想贷款 20 万元。

陈新华行长说行,但是必须有抵押或者担保。并告诉他一年期贷款利息是多少。

他家城里有房有车,却是他儿子的,并且房子在桂林,小车是奥迪牌。

条件不错,但是远水解不了近火。

他申明,公司法人虽然是他的名字,其实质是他儿子的……现在他儿子跟他在一起经营,桂林那边是他儿媳在打理。

名字不重要,关键是南山县城有没有房子。

他说有,不过没有办房产证。

等于是没有。

陈新华行长说不符合条件,他爱莫能助,不过给他指了一条明路,建议他找财政担保公司贷款。

还有这个机构,他是第一听说。我也是一样。

他去了两趟,均是高兴而去扫兴而归。他对我说,没有找到人,其实是门难进。希望我出马,他说我的身份不一样,他们不敢马虎。

不能拒绝。

的确不敢马虎,受到热情接待,但是担保公司也要抵押或者担保,跟银行、保险公司一样。

真是天下政策出一家。

他很是着急,不能如期开工还要承担违约责任。现在只有一线希望,就是工作队支付光伏发电工程款。

他又旧话重提,我只能旧话重说。在这个过程中,我动了恻隐之心,想跟他结账,但是想到财经纪律这把利剑,我只能拒绝。

他快要崩溃。

我看到他痛苦的样子,有点于心不忍,抱着试一试的态度打电话给姜大为行长。

我把他家情况向姜大为行长做了详细介绍,并担保他有偿还能力,到期不会跑单。

可惜我是市里干部,不在南山开工资;要是南山干部,搭白算数。

姜大为行长说再考虑。

考虑就是希望,姜大为行长从来不把话说绝。果不出所料,没过几天,我接到姜大为行长电话,说程进呈经理的 20 万元贷款申请县行同意了,本周内放款。

我松了一口气,程进呈经理有救了。

为何先不同意现在又同意?很想知道内幕,却不敢问,怕把贷款搞砸了。我想,反正不会是看在我的面子上,姜大为行长不会拿原则开玩笑。没有原则的人混不到这一步。虽然他只是个企业科级干部,但是含金量不比我这个党政副县级干部低,他半年工资比我全年都高。

等钱拿到手后,我才知道是程进呈经理以带动 2 名贫困户的形式贷到这笔款。

这样做没有违反政策,南山县政府 62 号文件鼓励这样做。程进呈经理不是假带,而是真带,给 2 名贫困户一笔产业扶持资金。

有人把带动贫困户简单地理解为买指标,买贫困户享受的优惠政策的指标。

这里的买指标顶多是中性词,更多是贬义词。但是,站在扶贫工作队队长的角度上讲,我认为是褒义词。

对于那些没有实力、能力上项目的贫困户,卖指标何尝不是好事。

实际生活中,不是人人都想买指标,有些人就怕沾惹上贫困户,好像贫困会传染给他,让他跟着贫困,并美其名曰不想占小便宜。

我要为程进呈经理点个赞。

八

程进呈经理的贷款刚刚到手,三组贫困户方天亮打来电话,说要贷款养野鸡。

我说是好事,支持。

他吞吞吐吐,说养鸡场不在长银滩村,在隔壁隐水村,即他岳父的家,不知道行不行。

隐水村与长银滩村同属大场镇,都是陈新华行长服务的范围。我说行,不管在那里,只要是他的项目,工作队都支持。

行就行动。我约上陈新华行长赴他的野鸡场。

规模有点大,有四排鸡舍,每排有 7 间房子,却没有看到野鸡。

他说预订了 3000 只小鸡,等贷款到账后就能运回。

陈新华行长问他有没有养野鸡经验。他说有,已经养了两年,有了经验,想扩大规模,却因为原场地太小,这才上了这个新鸡场。

既然有老鸡场,何不去实地看看。

老鸡场离这里不远,几分钟就到。

确切地说不能叫鸡场,叫家庭作坊。大约有上百只野鸡,分别放在两栋空闲的老房中。老房的旁边有一个小院,院墙四周和空中安装了一张大鱼网,防止野鸡飞跑。

野鸡野性十足,见到人四处乱飞。

方天亮介绍,一只野鸡能卖到 150 块钱左右,但是食量只有家鸡一半。他还有个设想,发展观光养殖业。他家新鸡场离风景区隐水洞不远,计划在游客入口处做一个广告牌,广告牌下放着几只锦鸡(野鸡),欢迎游客参观指导。当然不仅是参观指导,目的是推销野鸡。他还为游客设计了一个套餐:参观+购买+品尝。参观免费;购买论只,一只 100 元,配精美礼品盒;品尝以野鸡肉为食材,配上农家菜,丰俭由人。

我认为想法很好,实施有难度,因为游客是奔隐水洞而来……不如走便捷路线,把活野鸡装在礼品盒上,标明价格,摆放在进出口处。如果游客感兴趣,顺手带走一二只也说不定。

陈新华行长觉得好。

好就放款。

陈新华行长问需要贷多少。方天亮说10万元。

陈新华行长想了想，说分两步走，先贷一半，等形势看好后再走第二步。

我说5万可能不够，因为刚才看了前期投入，差不多也有10万元。按照方天亮家庭现状，他应该没有这个实力。我问方天亮，鸡场是合伙还是他一个人投资。

他说合伙，合伙人是他舅兄。

那么5万元差不多。

只要路没有封死，还有贷款机会，方天亮说行。

告别方天亮，陈新华行长请我中午就在农商行吃饭。

我说任务还没有完成，还有一户人家要贷款，到长银滩吃饭。

在车上我介绍了申请贷款人窦忠诚的情况。

与方登高更是相同，他也是焊工出身，也承包过大货船建造，也赚了一些钱，也是在金融危机时走下坡路。不同点他会守财，所以手头有几个钱，小投资根本不用贷款、借款。他最大的优点就是吃得了苦，耐得住寂寞，一个人跑回老家养鸡养羊。工作队进村后，长银滩兴起了回乡创业热潮，他顺势而上，想大干一场。这回叫上他妹夫肖绪强，建起了一个千头养猪场，还买回了50头牛、300只羊，把一个宁静的小山村搞成了一个大牧场。

进入窦家山，沿途都是他家的牛羊在觅草，不时还有牛群拦在路中间。

窦忠诚把我们带到他的千头养猪场，有两个大棚，足有两个大礼堂大。有五六个工人正在做猪圈隔拦。

猪场的经营模式跟方登高家相同。最开始的方案是两个人联合，合作一段时间后决定分开。原因不明,但是可以断定不是闹出矛盾,而是觉得分开比合伙好。之所以这么断定,是因为我在方登高家工地上看到窦忠诚妹夫肖绪强的身影,前两天我又看到方登高在窦忠诚家猪场焊接样板房,这些足以证明他们关系不错。

窦忠诚不是贫困户,所以贷款要有担保或者抵押。

他选择了抵押,因为他家在县城有商品房。

陈新华行长问他需要贷多少,他说不多,20万元。

20万元对他来说的确不多,按照他家现有的规模,半年就能还清贷款。不过,越是有钱的人越是闲钱少,因为他们有钱就要投资。他说他还要扩大养牛、养羊的规模,在现有的基础上翻番。

陈新华行长说好。

我开玩笑,说嫌贫爱富是银行的本性。

九

颜飒爽副市长又要来长银滩,我想借这个机会把姜大为行长、陈新华行长介绍给颜飒爽副市长认识。我的目的是想改变颜飒爽副市长对南山县农商行"三不贷"的印象。

这个印象挥之不去,在此之前,颜飒爽副市长和何志雄副市长在南山县召开全市金融扶贫工作座谈会,会上批评了南山县县长胡小娟。

时过境迁,南山县农商行早就不是"三不贷"了,但是颜飒爽副市长还不知道。

"祸"是由我引起,解铃还须系铃人,也应该由我来平息,不然的话,真的对不起南山县农商行,对不起姜大为行长和陈新华行长。

颜飒爽副市长视察不喜欢大队人马陪同,每次来长银滩之前都要叮嘱一句,不要告诉县委、县政府,大场镇两个主职领导来一个就行了,

113

无关的人就不要通知。每次我都是这样在做,但是镇党委、镇政府接到我的通知后马上向县委、县政府汇报,除了两边各来一个领导外,县直相关部门领导也要来。不想人多,还是来了一大群。一个领导一台车,凑在一起就是一个车队,加之上山公路狭窄,不好转弯、调头。改变主意,以后坐中巴车来长银滩,让县镇领导及部门的车留在村口山脚下,统一坐中巴车视察。

如此一来,方便了许多,也节省了不少时间。

姜大为行长、陈新华行长提前半个小时到达长银滩。

他俩不能参与村口迎接,只能安排在参观点:方礼义、程英雄承包的石壁地水库边等候。

颜飒爽副市长准时到达长银滩,简短见面握手后上中巴车。

第一站是石壁地水库。

中巴车停稳后,颜飒爽副市长下车,前后左右看了看说来过。

没错,的确来过。之所以印象深刻,还不是因为来过,而是车子在此地抛锚。当时正在下雪,路刚刚修好,颜飒爽副市长要检查路况,不想车到此地时,雪下得越来越大,轮子打滑,不敢往前开,也退不回去。好在人多,把车子推回去。

经我这么提示,颜飒爽副市长想起来了,说她们几个女同志站在路边干着急,几个男同志推得全身都是泥浆。

颜飒爽副市长又看了看,说有变化。

是有变化,路边多了两间小房和一个小鱼池,水库水面上有大片的鱼群在游动。颜飒爽副市长问谁养的鱼。

我将方礼义、程英雄介绍给颜飒爽副市长。

颜飒爽副市长要与他们握手,他们有点不好意思,将手在身上擦了擦,这手伸出手。

握手完毕后,颜飒爽副市长问他们经营状况和下一步打算。

谈经营状况结结巴巴，谈下一步打算非常顺口，因为跟我谈过几次。下一步他们还要养豚、养鸭、养牛、种西瓜。

想法很多，钱从何来。

方礼义指着姜大为行长说，在信用社贷了10万。

10万元？数目不小，颜飒爽副市长马上将目光投向姜大为行长。

我把姜大为行长、陈新华行长作了介绍。还包括长银滩村其他几个项目贷款。

颜飒爽副市长的手伸出一半停住了，好像在思考什么问题。

我说，过去南山县农商行是"三不贷"，现在是"三无"政策。

颜飒爽副市长恍然大悟，高兴地将手伸过去，边握边说，不错，不错，谢谢……这才是真扶贫，扶真贫。

临上车前，他们又握了一次手。

是真心感谢。

颜飒爽副市长走后，我接到会议通知，要我到县城参加南山工作团总结交流会议。

主要是总结交流产业扶贫的做法和经验。

我发言的重点是感谢南山县农商行对长银滩扶贫工作的支持。

我说，市驻长银滩工作队可以调度的资金只有35万元，而产业项目资金需求量是150万元左右，缺口100多万元。100多万元不是小数目，我找谁要？不能不找，找了，但是大有大难，小有小难，家家都有一本难念的经。我还后悔没有钱就不该动员上项目，现在群众发动起来了，我却要当缩头乌龟。

想跑是跑不脱，跑到哪里群众都会把你揪回来。

投资人比我更急，有的项目到了等米下锅的地步。就在危急关头，南山县农商行伸出援助之手，帮助我们解决了80多万元贷款，还有几个项目已经通过考核，只待放款，基本解决了项目资金需求问题，让老百姓对工作队又有了信心。

现在的长银滩由四无(无县乡项目落地、无集体经济、无回乡创业人员、无大户带动)变成了三有(有集体经济、有回乡创业人员、有大户带动),我相信会有更多的打工人员回乡创业,长银滩的明天会更好。

第六章　村小学

一

到长银滩村办事,绕不开村小学,因为村小学与村委会在一栋楼办公。

刚来时,我还以为是村小学借村委会的房子办学,没有想到房东竟然是村小学。用农民的话来说,是村委会沾了村小学的光。

从外表上看,村小学还有几分气派,三层主楼,一个附楼,一个小院,占地面积有 500 多平方米,这在周围都是低矮破旧的民房之中,有点鹤立鸡群的味道。不过,没有生机,没有出场,被民房堵死在一个角落,唯一的出道刚好容纳一辆小车通行。

在我印象中,但凡学校门口都有一个大操场,当初规划时难道忘记了这个重要指标?骆河生支书说没有忘记,预留了,怎奈长银滩村土地资源稀缺,老百姓无处建房时就打起这块空场的主意,开始是试探性占一点,没有人管,也许是管了没人听,没有起到作用,慢慢胆子就大了,打主意的人也多了,向前推进的步伐就快了,于是空场被蚕食得越来越小,小到最后只剩下一条路可走。

如果没有熟人带路,第一次到长银滩肯定找不到村小学,即使到了村小学门口,也不知道村小学在什么地方,因为进口处两边堆满柴火、建筑材料、垃圾之类的杂物,还有菜园以及路中间觅食的鸡鸭豚等,感觉不出里面还有一所小学。

　　更让我不解的是,主楼千疮百孔,附楼"健壮"如碉堡。

　　骆河生支书说不是同一天所建,是两个独立的工程,前后相隔上十年时间。主楼建于20世纪末,附楼是最近几年才建。主楼是教室及老师宿舍,附楼是厨房、厕所。

　　严格地讲,附楼不应该叫楼,因为只有一层,不过地基下得结实,上面再加两层没有问题。

　　我问主楼何时成为危楼。

　　骆河生支书语焉不详,最后干脆说不知道。

　　其他干部回答不一,有说是最近几年,有说发现了上十年,有的干脆装作没有听见。

　　没有准确或标准答案。

　　听得出都不愿意讲真话。

　　为尊者讳耻,为贤者讳过,为亲者讳疾,难道是村里有名望的人或者是得罪不起的人或是支书所干的事?

　　骆河生支书说,接手时就是这个样子。

　　那就是上任,可惜人不在。

　　没有人告诉我内幕,但是我相信总有水落石出的一天。

　　最终还是有人揭开了这个秘密,不过不是主动说出,而是无可奈何。

　　涉及利益的事不得不说。

　　骆河生支书希望工作队为长银滩村建一个村委会,颜飒爽副市长也答应了,叫我们做好选址工作。我们看了几个地方,均不够理想,最后我提议在大泉口、也就是工作队住所旁边位置,因为大泉口是全村版图中心,并且地型相对宽阔,适合建一座带有广场的村委会办公大楼。开会讨论时,只有二组村组干部不同意,因为现有村委会在他们的地盘,"改变位置"意味着二组将失去全村的政治、经济、文化中心地位。怎奈孤掌难鸣,少数服从多数。会后,二组组民纷纷找到我,阐述不能"改变位置"的理由。在长银滩的历史上,无论是小长银滩村还是大长银滩村还是长银滩大队,二组的地位从未改变。现在撤走,在感情上有些舍不得,在面子上有些说不过去,让他们活着无颜面对父老乡亲,死后无脸见祖宗十八代。

我说搬离二组有两个原因:一是二组没有空地,前面是湖后面是山,有一块空地需要填湖,增加了建设成本。即使填好,也不能给村委会建房,因为这块地已经规划上报为易地搬迁安置点;二是二组人没有大局意识、全局观点,好好的一个村小学,被"围追堵截"得没有出路。毛主席说,历史的经验值得注意,各级领导同志务必充分注意,万万不可粗心大意。为了不让历史重演,为了避免新村委会成为第二个村小学,所以多数人同意从二组搬出村委会。

其实村委会建在什么地方还没有最后确定,上一次只是议一议,有了意见后骆河生支书好去做工作。大泉口是个好位置,但是要拆迁一栋老房子,正好这户人家是贫困户,符合易地搬迁政策。骆河生支书找过他几次,但是对方开价过高,还得慢慢做工作。

二组有一块空旷位置,是大慈公路改道、拉直、穿湖留下的产物,面积有万把个平方米,最适宜建村委会,可惜他们准备建一座容纳千人的宗庙祠堂,并且已付诸实施,18门程派来了代表,酒也喝了,风水先生也看了,方案敲定了,只待一个男丁2000元集资款收齐后开工。

南山农村有建宗庙祠堂的风俗习惯,并且相互攀比,相互炫耀,结果是越做越大,越做越气派,好似谁家气派谁家发人、人丁兴旺之意。

其实是撑面子。

请求村委会留在二组也是撑面子。

现在他们将要失去这个面子,没有人愿意。特别是那些老太太、老大爷,见面就请我高抬贵手,千万不要将村委会搬走。

我的回答始终是两点不变:没有空地,没有大局观念,除非这两点不存在。

话有点直接有点难听,但是透露了希望。

有希望就要努力,否则就失去原有地位。

开会、磋商、征求意见,几轮协商过后,最后签字表决,结果是32:1,即32户赞成把建宗庙祠堂的地用来建村委会,只有1户坚持建祠堂。

不能不说是破天荒之举。之前的口头禅是:宗庙祠堂大于天,所有建筑都靠边。

不能再说他们没有大局意识、全局观念。

我问上门沟通的长者,18门程同意吗?要知道,建宗庙祠堂的酒喝了,风水先生看了,方案定了,现在擅自决定把地给村委会是犯了众怒。

长者拍胸说,土地是他们的,他们说了算。

的确是掌握了主动权。但是,对18门程也得有个交代。

长老说有交代,即缩小规模,建一个小祠堂,够用就行。

看来土地的问题不叫问题。

不过,我怕他们是权宜之计,等村委会做好后又是剩饭一碗。谁能保证村小学的"悲剧"不会重演?

这次要建的村委会不同于以往的村委会,应该是一栋综合办公大楼,内设党员群众服务中心、卫生室、老年活动中心、超市等。还要建一个小广场,方便群众举行文化、娱乐、体育活动。

长者说他能保证。

我不相信。虽然他年纪大、辈分高,但是不买他账的大有人在,他只能代表他一个人。

长者说我不知道内情，这次村委会建在东头，东头的人比西头的人善良、讲道理，不会出现西头那种情况。

村小学就是建在西头。

他说长银滩小学搞成今天这个局面，都是西头作的孽，危房也是他们搞出来的。

危房？我正想知道这件事。

他说，农村义务教育"普九"时期，长银滩小学被列入"过期房屋拆除、更新"学校之一，即使不找关系，学生也会住进新教室上课，只不过是迟早的事。由于周边学校拼命找关系，校舍改造纷纷上马、开工，只有长银滩小学没有动静。村干部坐不住了，请本村在县城工作的一名局级干部出面。这名局级干部说行，但是有一个附加条件，就是钱搞到手后，工程得由他的亲戚承建。

村干部想，谁建都一样，只要早日开工，于是就答应了。

有了这个承诺，这名局级干部加大办事力度。没过多久，便把钱要来了，村委会也兑现了诺言。

到此为止，应该是皆大欢喜。然而，谁也没有想到，亲戚不争气，所建成的房子出现质量问题，被认定为危房，不能使用，也不敢使用。

如果追究责任，教委、村委会、这名局级干部都脱不了干系，于是采取捂的办法，悄悄整改。

必须肯定的是，整改工作没有马虎，谁都知道人命关天，特别是村干部，知道这些教室是给自己的子孙准备的，万一出事，伤亡的就是自己的亲骨肉。于是该花的钱不能节约，该请的专家不能不请，该买的质优价高钢材不能不买，办法就是给每根大梁焊上钢筋、钢板，等于给大梁穿了一身铠甲，牢固、结实、可靠。

不再是危房，就是不好看，伤痕累累。

房子是拿来住的，不是拿来好看的。专家说可以交付使用，这才安排学生进教室上课。

我问这名局级干部的名字。长者说算了，反正是西头的人，时间长了你也会知道。

二

既然我知道这件事，但是我不能不闻不问。虽然这栋楼过去没有出事，但是时间过去一二十年，大梁"铠甲"上的钢筋、钢板已经生锈，会不会有质量问题，得找个权威机构进行鉴定。

我不知道谁是权威机构，但是我知道找教育局应该没有找错人。

按照属地管理的原则，找县教育局反映最合理。但是人不熟，直接找市教育局。

我敲开市教育局分管副局长龙海燕办公室大门，说明来意。

龙副局长第一反应是不会有危房，因为人命关天，教育部门不会犯这种低级错误，何况教育部、省教育厅对校舍安全非常重视，实行安全等级管理，每年新学期开学前都要对中小学校舍安全隐患进行排查，对所有 D 级危房（承重结构承载力已不能满足正常使用要求，房屋整体出现险情，构成整幢危房）和其他不能安全使用的校舍立即停止使用，并切实做好师生的安置。对 C 级危房要及时进行修缮，对容易引发安全事故和影响安全疏散的设施、通道等要立即进行整改清理。正是由于采取了这些措施，全市没有危房。

我是外行，是不是危房我不敢断定，只能是怀疑有质量问题。我从手机中翻出几张图片，请龙副局长过目。

第一感觉是危房。

龙副局长说做了加固处理，说明过去是危房，现在怎么样他还得问问南山县教育局。

他马上打通南山县教育局分管领导电话，问长银滩小学的教室是不是危房。

对方干脆、果断回答：不是危房。

龙副局长问他能不能确定。

对方回答能确定，因为是他分管，全县校舍质量他最清楚。他组织过专家赴长银滩小学进行检测过，检测结果记忆犹新。

好。

龙副局长这才告诉他为什么突然问起这个问题，是因为市驻长银滩扶贫工作队关注这件事，怀疑有质量问题。

对方说，长银滩小学的房子县教育局也非常重视，每隔几年就要检测一次，最近一次检测是前年，没有问题，可以继续使用。

前年？龙副局长认为时间过去太久，建议他们最近再做一次检测。

对方说行。

龙副局长放下电话后对我说，你放心，在校舍质量安全问题上，我们教育部门绝对不会马虎，绝对不会拿头上的乌纱帽开玩笑。

没有质量问题就好。

三

尽管不是危房，但是总看不顺眼，特别是大梁上那身铠甲，在脑子中挥之不去。

王爱勤老师从教室出来，问我是不是有事找她。

我说没有，看看。

她不知道我想看什么。

我还想往里走，听到于亚苹老师提问学生的声音。我怕打扰他们上课,赶紧收起脚步下楼。

长银滩小学就 2 名老师,32 个学生,分成两个班上课。高峰时有 4 个班级,150 多名学生。现在仍然是 4 个班级,但是每个班级只有七八名学生。老师少、学生少,上课还得正常进行,办法就是复合式教学,一、二年级一间教室,三、四年级一间教室,老师为这个年级上课时,那个年级的学生要么做作业,要么温习功课。等讲完课后再布置作业,再上另一个年级的课,如此循环往复,居然相安无事。

有点触景生情,想到我自己小学一、二年级也是这样度过,所以不陌生,反而有一股亲切感。

严格地讲,长银滩小学不叫小学,叫教学点。如果按照南山县教育部门规定的学生规模人数,长银滩小学可以撤销,考虑到长银滩村距离最近小学也有 5 到 10 里路程的实际,为方便小孩安全上学出发,保留了长银滩小学,但是只允许招一、二年级学生。由于三、四年级的孩子照样没有自理能力,学校又不具备住读条件,还没有校车接送,所以放宽到三、四年级。

放宽之前有个前提条件,就是增班不增老师,由村委会自行解决。

等于是好事没有做到底。

按教育部门的说法,不是不想做到底,而是没有老师愿意来。

这种现象在边远山区小学普遍存在。长银滩这个地方既是边远山区,又是贫困库区,更是没有老师愿意来。

来的都是民办老师。但是,随着民办老师慢慢转正,民办老师越来越少,加之不准新增民办老师,像长银滩这类小学等待的只有两种命运:要么撤销,要么村委会自行请老师。

村委会自己请的老师还不能叫民办老师,只能叫临时老师或者叫代课老师,因为民办老师也列入了地方编制,由财政发工资,并且是只减不增,直到消失。

王爱勤老师是民办老师，没有多少话语权，哪里艰苦、哪里没有人去，她就去哪里。正如八十年代流行的那句话：革命干部一块砖，哪里需要哪里搬。

王爱勤老师今年41岁，当了20多年民办老师，在十多个地方教过书，两年一动，离城镇越来越远，离大山越来越近，直到扎根山区库区。不变的是每到一处就她一个老师，变的是每个月工资由最初的几十元长到现在的1000多元，超过2000元的日子不多。

爱人劝她转行，她不为所动，她太爱教书育人这个职业。正因为爱，她差点"献身"在这个岗位上。有一次划船家访，突然下起狂风暴雨，她从船上掉到湖中，幸好被路过的另一艘船救起，不然就要葬身湖底。爱人知道后疼她，逼她辞职，让她随他一起到武汉打工。她说她只会教书，其他事不会做。爱人说不过她就与她斗气，干脆不去打工在家陪她。她的工资养自己都成问题，怎么能养全家。她不怨天尤人，日子难过天天过，不能过好日子就过苦日子，不能吃干饭就吃稀饭，依然故我，不为所动。

改变不了别人就改变自己，她爱人宣布投降，重新踏上打工的路。

这一回她感动了天感动了地，就在我们工作队进村不久，她被录取为正式老师。

不过，正式手续还没有办下来，每个月仍然是1000多块钱的工资。

她和于亚苹老师还有另一个角色，就是为远途不能回家的学生做中餐，有时还要贴上买菜买油的钱。

于亚苹老师是长银滩媳妇，是湖北省十堰市郧县人，嫁到长银滩将近十来年。她爱人是二组组长，一个勤劳朴实的小伙子。两人是在打工时认识，第二年就谈婚论嫁。

郧县与南山县虽然同属湖北省，但是一个在东一个在西。由于路途遥远，迎亲队伍不能到她家门口，她只能先坐公汽再坐火车，一路向东，到达都宁火车站时已经有十几个小时路程。人虽然有些疲惫,但是坐上新郎准备的迎亲小车,顿时忘记了旅途的劳累。

她是中专毕业,在长银滩算得上知识分子。正好村小学缺老师,就怕她不干。

夫妻俩原计划办完婚礼后出门打工,没有想到要她当孩子王。留下吧,每个月只有 800 块钱工资,只及打工收入的四分之一;不干又怕辜负全村人民的期望,权衡再三,决定留下。

她留下,她爱人也得留下,等于为二组贡献了一名组长。

四

我没有想到于亚苹老师工资这么低,问骆河生支书能不能找教育部门加一点。

骆河生支书说有这样都不错了,因为村干部每月只有 450 元工资。

我说两者不能比,因为村干部是兼职,还有时间做其他赚钱的事,而于亚苹老师是全职教师。

骆河生支书说于亚苹老师一年 1 万多块钱的工资全部由村里出,村里没有收入,每年年终结账时村里为钱发愁……要不,工作队想办法解决。

我没有想到板子被打回来,更没有想到于亚苹老师的工资由村委会支付。之前我一直以为是教育局发工资。

骆河生支书解释,不是要工作队出钱,即使工作队有钱也不要工作队出,因为工作队只能出一两年,如果工作队走了,以后找谁要?长远的办法就是,将于亚苹老师的工资列入财政预算,由南山县教育局出钱。

我认为想法不错,要求也不过分。教育扶贫是“五大扶贫”措施之一,长银滩村是全市 35 个重点贫困村,凭什么还要贫困村分担理应由公共财政负担的经费。

上教育局找局长评理去。

敲开南山县教育局陈局长办公室,骆河生支书介绍了我的身份,我说明来意,骆河生支书递上报告。

陈局长不看报告,而是从抽屉中拿出一本全县教职员工花名册,翻到长银滩村那一页,喃喃自语:一名正式教师,一名临时教师,32名学生,四个班级……以班计算得配2名,以学生数计算得配1.7名……稍停片刻,又想了一会,说行,给长银滩增派一名正式老师。

正式老师?我可没有听错,真是意外收获。没有想到陈局长这么爽快。

我问几时能到位。

他说九月一号。

也就是新学期开学的第一天。

我说好,谢谢局长对长银滩的支持。

出门后,我问骆河生支书,陈局长平时办事是不是这么爽快。

骆河生支书说不知道,稍后问我,与爽快有什么联系。

我说有联系,正由于太爽快,我怕他是忽悠我。

骆河生支书说什么人不好忽悠,去忽悠市工作队。

也有道理,不看僧面看佛面,毕竟我们工作队是市委、市政府的工作队。不过,我还是有些不放心,说路过大场镇时,与镇教育组组长对接一下,不然过了九月一号就是有劲使不上。

正值放假,不知教育组夏组长去向。骆河生支书没有他的电话,书记、镇长不在家,只好委托在大场镇挂职的镇党委副书记余斌帮忙办理。

余斌很快来了电话,说没有找到夏组长本人,不过与他通了电话,谈到长银滩小学增加老师的事,没有想到夏组长脾气相当不好,没有讲几句就挂机了。余斌以为自己是新来的，夏组长不认识他，所以请分管教育工作的王镇长过问此事，谁知道情况一样。

还有这样的教育组长？我决定会会他。

打了几个电话才通，我问夏组长为何迟迟不接电话；他反问我是谁。

我自报家门。

他说不接电话是因为这段时间正值老师调整调动高峰期，每天扯皮拉筋的事多，人很疲惫，所以陌生电话一律不接。不过，县外的电话除外。

可以理解。

接着我问他，陈局长跟他打了招呼没有，长银滩小学准备进一名老师。

他说讲过，但是没有老师。

好直接，没有过多话语，也不扯客观理由，竟然局长的话也敢不听，看来还真遇到一个不怕鬼的人。

我问大场镇有多少教职员工……他打断我的话，责问我问那么多干什么。

多？还只刚刚开始。

显然他嫌我啰唆，不想跟我谈下去。

我说怎么不能问，现在党和政府要求政务公开，任何一名普通公民都可以过问自己所关心的话题。我作为市委、市政府派下来的一名工作队队长，有权过问与扶贫工作有关的一切事务，你一个乡镇教育组还有什么保密不能过问，不能说出……

他见我态度强硬，马上软下来，说最近有点烦，叫我不要生气。

我可以不生气，只要你回答我的问题。

我又重复了刚才的话题。

他做了全面介绍。

不听他的话以为他在刁难我,听了他的话还真是大官大难,小官小难,他有他的困难。不过,再困难也得落实县教育局陈局长的指示。

他说争取。

分明是模棱两可的话。我预感到此事可能要黄,必须再施压力。

找谁施压?大场镇领导他根本不买账,还是找教育局陈局长。

然而电话一直打不通。

也许不接电话的理由跟夏组长差不多。只有上门。

上门也有可能找不到。经验告诉我,陈局长可能已经躲起来。

这种情况并不新鲜,每年8月是教育局长、学校校长的"紧俏"日子,到了这个时候,农村老师要进城,城里老师要到重点学校,想进步的老师希望谋到一官半职。考生家长也坐不住,想为孩子找到一所好学校……都是这类事,一般人不来找,来找的人不一般,没有关系找关系,来者都有关系,不答应得罪人,答应了违反原则,最好的办法就是关机、走人。

他不接电话就找一个让他接电话的人,县委领导的电话他不敢不接。我跟县委常委方家忠发了一条短信,希望他过问此事。

在短信中我说,长银滩是贫困村,长银滩小学现有32名学生、四个年级,只有一名正式教师。由于师资力量薄弱,村委会聘请了一名临时教师,可是这名临时老师的工资得由村委会支付。为减轻贫困村负担,我和骆河生支书找了南山县教育局陈局长,他答应这个学期安排一名正式老师来长银滩工作。然而,大场镇教育组负责人认为:一是没有老师,二是即使有老师也不愿意来长银滩。我认为大场镇有130多名老师,调剂一名到长银滩应该没有问题,至于说不愿意来长银滩,这个问题也好解决,每名老师到长银滩支教一年,130名老师就是130年。我是市里干部,照样来长银滩工作一两年,我没有意见,我想大场镇老师应该也没有意见。请方常委给予重视,再给教育局施加压力,力争促成此事。谢谢!

很快收到方家忠常委回信:好的。

至此我才放心。

现在我又想到一个问题,假如正式老师真的来到长银滩,于亚苹老师怎么办?

尽管于亚苹老师转正的概率很小,但是看得出她热爱这项工作,表现也不错,在这个岗位上入了党。虽然她多次找骆河生支书讲过,说工资低,想出去打工,我想这是气话,一旦真要人家走人,在感情上有点过意不去。

于亚苹老师怎么安排?

想了好几个办法,最后觉得请她当妇联主任合适。尽管村干部也有职数限制,但是多数村有妇联主任,我可以跟书记、镇长做工作,增加一个职数。

当然,这只是我一厢情愿,没有跟骆河生支书及其他村干部通气。

也还没有到通气的时候。

8月31日是新生报到的日子,陆续有小朋友从工作队门口经过。转来时我问他们,几时正式开学,老师到校了没有。孩子们说,明天开学,王爱勤老师、于亚苹老师在学校。

说明没有新老师到长银滩。

既然没有人来,就得跟我通报一声,难道县教育局就是这种办事作风? 信访条例说得很清楚,件件有回音。

我要讨说法,操起电话就打。

打了一半止住,今天还只过去一半,还有半天时间,等到明天再说。

时间一分一秒过去,到了 16 时 40 分,王爱勤老师打来电话,问我在不在工作队,说夏组长马上过来。

我顿时来了精神,难道是送老师报到?

可能性不大,教育组长虽然不是什么级别的官,但是在乡镇老师眼中是大官,他不会亲自送老师报到。

王爱勤老师先到工作队,她也不知道夏组长的来意。

不一会夏组长一行来到。

我们还是第一次见面。

夏组长简单地介绍随行人员,接着跟我道歉,说调剂不出老师,请我原谅。

我说只要你理由充分,我会原谅。

他说三点理由:一是大场镇老师不增反减。县教育局新学期名义上给大场增加了 15 名教师,实质减少了 5 名。因为调走了 8 个,退休了 6 个,还有 6 个在休产假;二是老师不愿意来。长银滩穷、不热闹,老师宁可辞职也不愿来这个地方;三是长银滩小学不应该设立三四年级。假如没有三四年级,有一个老师就行了。

前两个理由我无法辩驳,最后一个理由就不叫理由,既然既成事实,那么就必须遵守游戏规则。

他说正因为造成实事,所以教育组研究决定,每个月给长银滩小学代课老师 1300 元工资。

好,我差点叫出来。不过,不能高兴太早,要是只给今年半年,那就是权宜之计,那就是敷衍我。

我问有没有期限。

他说没有,除非长银滩小学撤销。

这还差不多,达到了我的目的。原本只希望解决代课老师工资问题,是陈局长给我一个惊喜,说要派正式老师,现在虽然食言,但是也有交代。好,不用调整于亚苹老师的岗位,她可以继续当她的老师,并且工资还长了一些,应该皆大欢喜。

我说行。

五

夏组长走后,王爱勤老师对我说,她想开设英语课。

好事,我支持。

她说她的英语水平不高,于亚苹老师虽然是中专毕业,但是属于非师范类专业,英语水平一般。想开设英语课又怕误人子弟,不开设学生家长有意见,其他地方小学一年级就开设了英语课。

我明白她的意思,是想请求工作队解决问题。

她说想买一台英语点读机,这样就不怕发音不准。

我问多少钱。

她说1500元以内。

小钱,教育扶贫是脱贫的五大措施之一,没有不支持之理。我说行,买回工作队报销。

我还嘱咐她,有什么困难尽管找工作队,能解决的事工作队不会推迟,不能解决的事工作队也会创造条件解决。

她说她代表师生感谢我。

我说不用感谢,应该感谢这些可爱的孩子,是他们让我体验到快乐。

住村生活枯燥,有孩子的地方就有生机。孩子每天路过工作队住所,见到我就叫大叔。按年龄,应该叫我爷爷,至少要叫伯伯。四组锯木老板朱必众的女儿是个小精怪,是一群女孩子的头头,她说我不像爷爷,也不像伯伯,像叔叔,所以叫我大叔。她这样叫,其他人也跟着叫,于是全校的学生都喊我大叔。

我喜欢逗他们玩,问他们谁跑得最快,谁跳得最远,让他们现场比试。我早晨走八卦步时,他们有的说要跟我学武功,有的说要跟我PK。

我摆出出招的架子,他们也摆出架子,等我一出招时,他们就作鸟散。

有时我邀请他们到工作队看电视、玩电脑,拿他们开心,与他们闲聊过程也掌握了一些信息,譬如他们家庭情况、学校情况、理想信念等。

渐渐我发现,5、6组的适龄儿童不在长银滩小学读书,而是在县城或附近集镇上学。原因是路途太远,到长银滩读书与到县城或附近集镇上学费用一样。既然一样,不如选择教育质量更好的学校。

小学、初中孩子没有自理能力,孩子在外上学只能住读。孩子住读家长就得陪读,就得在学校附近租房。如果家中有老人,陪读的任务就落到老人身上;如果没有老人,就得孩子的父母亲自出马。相对于城市家庭而言,农村家庭多了一项支出,即陪读支出,并且是一笔不菲的支出。按理讲,两个大人养两个小孩过日子舒舒服服。如果出现陪读,等于是一个人养活三个人,日子就过得紧巴巴。

也许是这个原因,也许还有其他原因,反正长银滩的孩子受教育的程度不高,一般读完初中就不再上学。在 11 名村组干部中,初中毕业的只有 2 人,多数是读几年书就辍学。有个组长,也就是 30 多岁,除了会写自己的名字外,其他字你写好让他抄一遍都难。

现在社会上 30 岁左右的文盲不多,而长银滩还有不少,让人难以想象。

不全是困难的原因,还有孩子的问题:不想读,读不进。一组有个孩子,人长得很帅,父母会养鱼还有木工手艺,如果孩子想读书,父母送他出国留学都没有问题,恰恰孩子不想读书,初中没有毕业就不去上学,窝在家中上电脑玩游戏,我替他可惜,建议他父母送他上职校。开始他不答应,当听说职校主要是学技术、没有数理化时,他去了,抱着试一试的态度去的,上了一个月后觉得好玩,于是留了下来。

现在我最担心的是长银滩小学这群孩子,怕他们上完小学四年级后就辍学,所以我总是灌输读书的好处,鼓励他们通过读书的方式走出长银滩。我说现在有很多人关注他们,所以他们要用最好的行动和最佳形象来展示自己。

他们不信,我让他们看微信。

微信里有他们的照片。网友评价很高,最多的话语是:活灵活现,调皮可爱,祖国花朵、世界未来。

我喜欢为他们拍照,只要有空,只要遇上,总要拍上几张,发到群上。如果有人点赞,我会翻给他们浏览,激发他们向善、向美、向好方向发展。

有几张照片引起共鸣,譬如《农村孩子的娱乐》,是我中饭后在长银滩小学院内拍到。学校没有午休,有一群孩子中餐在学校吃饭,其他孩子家在附近,吃完饭后马上到校。这时距离下午上课还有一两个小时,干什么呢?学校没有体育器材,没有操场、篮球场等,只有疯闹是最好玩的娱乐。这时很热闹,很喧哗,三五成群,追逐疯打,你骑在我身上,我把你摔在地上,单叠罗汉、双叠罗汉、多叠罗汉都有,轮番上阵,累得直趴在地上,但是很开心,很快乐,我拍下了一组照片,起名《农村孩子的娱乐》发在网上。

又譬如《中午我们的下饭菜》,拍的是农村孩子自带的中餐菜。四组下天井离长银滩小学有4里路程。虽然不远,但是上山坡度大。下山好说,上山艰难,来回一趟得两个多小时,所以中餐在学校搭伙,但是菜得自己带。晨练时总会遇到他们,那天有一只狗跟在他们的后边追,我以为他们带了好吃之类的东西,我让他们打开铁茶缸,里面盛着父母为他准备的咽饭菜,乖乖,多是咸菜,并且分量不多。我拍下了茶缸组成的梅花图案,起名叫《中午我们的下饭菜》。

再譬如《库区孩子放学路上》,是俯瞰镜头。当时我正在下山的路上,拐弯处发现一群放学的孩子,那无忧无虑的身影,配上脚下的湖光山色,构成了一幅只有童话世界才有的美景。我举起手机按下快门,拍下了天地人合一的瞬间,取名《库区孩子放学路上》。

还譬如《席地而阅》,拍的是三四个女孩子坐在地上看书的镜头。

这些照片或发在群上，或参加手机摄影比赛，收到意想不到的效果,有两张获得《光明日报》主办的"家乡美""悦读无处不在"手机摄影大赛优秀奖。其他照片也引起了网友的共鸣,有的回复、有的打来电话,有的说要来长银滩小学献爱心,我当然欢迎。

六

最先来长银滩小学献爱心的是工作队老黄的女儿黄芳芳,她毕业于湖北美术学院动画专业,还到法国当了两年访问学者,现在是中法艺术文化交流协会中国区负责人之一。

不只她一个人,还约了个伴,是个帅小子,在湖北科技学院 2014 级体育教育专业读书,叫李周兵。

来之前,他俩在网上购买了篮球、羽毛球、跳绳、彩笔、拼图等文体用品。

到工作队后,我带他俩到村小学,与王老师、于老师见面。我对王爱勤老师说,这几天的活动以黄芳芳、李周兵两位同学为主,耽误的课程你们调剂解决。

王爱勤老师说没有问题,一定配合好。

黄芳芳能歌、善舞、会画,李周兵篮球、羽毛球等体育项目样样精通,两人一文一武、一张一弛配合默契,给小朋友带来的是惊喜和欣喜,感觉自己就像电视里的小朋友一样幸福。

平时他们的课程就是语文、数学、英语,黄老师、李老师来了后有体育课、绘画课、讲故事、唱歌、跳舞、游戏等,每一节课都不一样,新鲜、刺激、好玩。

不仅如此,黄老师、李老师还采购鱼、肉、蔬菜、面粉,与小朋友一起包饺子吃。小朋友负责择菜、洗菜,比谁的菜洗得干净。李老师负责切菜、切肉,黄老师负责和面、擀面皮,然后比赛包饺子,看谁包得多包得好。饺子熟后,小朋友兴奋起来,一个个吃得津津有味。吃完后黄老师问他们好不好吃,小朋友齐声回答:好吃!黄老师问为什么好吃,他们答不上来。黄老师说,因为是自己动手做的饺子,所以才好吃。

王爱勤老师对我说,城里出生的孩子就是不同,出众、脱俗、知识面广,说话有亲和力,她佩服。

三天时间很快过去,黄老师、李老师要离开长银滩。临行前小朋友们问黄老师、李老师,还来不来长银滩。

他俩说来。

第二年兑现了诺言。

第二个到长银滩来的人是大鹏劳务派遣公司经理袁义斌。他与我是朋友,在一个 QQ 群聊天,每次发的照片他都能看到。他说要来长银滩献爱心,原计划带点现金过来,被我止住。我让他准备 32 份礼品,每份礼品包括一个书包、一个文具盒、一盒套装彩笔、一盒铅笔以及橡皮擦、转笔刀等,外加全套体育用品,总共加起来不足 5000 元。

对他来说是小钱,对山区、库区小朋友却是大爱。

他走后,陆续来了几批人,送的最多是文体用品。

以后新生入学可以免费领到书包。

七

新学期开学不久,我收到一份"金秋助学"文件,要求各单位组织干部职工慰问农村贫困家庭学生。

收到文件后我就进行摸底。按照"一对一"帮扶区划分,市人社局负责慰问一、二、三组贫困家庭,市审计局负责四、五组,市残联负责六组。由于一、二、三组人多贫困户多,符合条件的学生有 17 名,四、五组只有 4 名,六组只有 2 名。一共 23 名。

我将摸底情况发给三家单位,请他们迅速组织慰问。

由于山上三个组人少,慰问工作很快完成。

山下三个组人多,市人社局按照每名学生 300 元的标准进行筹资,很快筹到 4800 元。

喻斌副局长带领党办同志来长银滩村慰问。来之前他在电话里与我商量,是挨家挨户慰问,还是到村小学发给学生本人。

我说我要同王爱勤老师商量。

王爱勤老师说交她分发,并且只能偷偷分发。

偷偷? 我说光明正大的事为何要偷偷。

她说我不知道农村行情,搞不好就是好事变成坏事,就会有学生家长闹事。

我不相信有这么严重。

她说如果人人都有,并且人人一样,好说,你好他好大家好;如果你有他有,但是金额不同,金额大的家长高兴,少的家长骂人;如果只有部分人有,那么老师遭殃,没有得到好处的家长会骂得老师抬不起头来。她说她遇到过,不是在长银滩,是在另外一个教学点。那次是慰问留守儿童,妇联组织的,不是现金,只是学习用品。本来是好事,没有想到妇联的同志刚走,骂人的家长就来了。先是质问,然后开骂,怎么解释都不管用。如果骂一阵了消消气也就算了,谁知道个别家长总记事,见一次面骂一次,骂得你抬不起头来,骂得你无法待下去,只好走人。

我相信是真的。这种情况我也遇见过,不过没有她说的这么严重。工作队刚来时的第一个春节,各单位组织慰问。下车后,各帮扶人拎着礼品直奔帮扶对象家中。由于礼品打眼,不是贫困户的农民眼红,有的人甚至自己上车去拿礼品。之所以出现这种现象，是因为习惯成自然，历来都是见者有份，为何这一次就不同。

经历了几次后，现在好多了，知道了什么该得什么不该谁得，不该得的就不去拿，即使有意见，也只是在心里。

为了避免矛盾，我提议由慰问人分发，即由喻斌副局长分发。

王爱勤老师说不行，谁发不是关键，关键是谁提供的困难学生名单。

我说是我提供的。

她说学生家长不会这么认为，只会认为是老师出的主意，只会怨老师，只会骂老师。

我看她有点"一朝被蛇咬，十年怕井绳"的样子。不过我同情她，不想为难她。不过，我得强调三点：一是不能上交村委会；二是不能不发或当作工作经费或当作学生学习经费扣留；三是不能平均分发。

她说行。

我同喻斌副局长商量后，尊重王爱勤老师的意见。

涉及钱的事不能随便，要有证明人、经办人签字，还要拍照留存。

为了方便存档，搞了一个简单交接仪式：由喻斌副局长将4800元现金交给王爱勤老师，骆河生支书、村委会常务副主任程礼荣、于亚苹老师和我分立两边监督。

党办工作人员按下快门。

交给完成后，我重申三点要求。骆河生支书、村委会常务副主任程礼荣、王爱勤老师、于亚苹老师都说好。

喻斌副局长走了后，我问王爱勤老师钱发了没有。王爱勤老师说发了。

一个星期过去，没有出现王爱勤老师所担心的"闹事"现象，我还以为王爱勤老师保密工作做得好，谁知道她是平分。

我批评她不兑现承诺。

　　她说对不起,不是有意对着干,实属无奈之举。缸口封得住人口封不住,有那么多人知道,万一泄露出去,她是吃不了兜着走。她还说,一个人不能两次掉进同一个沆里,前车之鉴不能忘,为了避免重蹈覆辙,不得不平分。

　　我晕,同时感到很无奈。

第七章　入党风波

一

我还有一个身份，就是长银滩村党支部第一书记。

既然是第一书记，那么就要盘点一下手下队伍。

结果出来后我有点沮丧，一共 32 名党员，也就是说从中华人民共和国成立到现在，平均每年发展党员不足 1 名。并且只有 8 名党员长期在家，其余 24 名党员长期在县城或外地居住。

开了几次党员大会，到会人数最多的一次来了 16 名党员，剩下的基本是跑不动的、在家含饴弄孙的老党员。在 16 名党员中，我欣喜地发现还有 3 名 30 岁左右的党员，可惜只有一名党员也就是于亚苹老师长期在村。

长银滩村 1400 多人，只有 32 名党员，党员比例不足 2.2%。如此之低只有两种可能，要么是坚持标准、把关严格；要么是组织涣散、不注重培养发展党员，此外没有第三种可能。

我问骆河生支书，今年有多少人递交入党申请书。骆河生支书说暂时没有人。

是长银滩人不想入党？

我问了许多人，他们说做梦都想入，就是入不了。

我说不写入党申请书，不向组织表明态度，怎么就知道入不了。

他们说写了，不过写了也是白写，这年头没有关系不想入党。

关系？毋庸置疑，中国是人情社会，讲关系从古至今都有，但是不是什么都讲关系，还得坚持原则。党章明确要求，坚持标准，成熟一个发展一个。

我说入党是看表现，不看关系。

他们说关系看得见，表现说不清楚。为了证明所说的话不是空穴来风，他们列举了几个例子：某某入党是花2万元买来的，某某入党是因为他叔叔当支书的缘故，某某入党是他哥哥当村主任时硬拉他进来的，某某入党是因为他父亲是支委等等。

我向骆河生支书和常务副主任程礼荣求证真伪，得到的回答是肯定的，证明了老百姓没有说假话。他俩申明，这种状况不只长银滩一家有，周围都是这样。

周围我没有调查，不过我老家农村也是这种状况。

相对而言，机关入党又太容易了，几乎人人都是党员。当然不可否定，机关干部整体素质要比农民高，但是不能悬殊这么大。

我就不相信没有关系就不能入党。我对骆河生支书说，今年我们要发展一批党员，不看关系看表现，谁表现好就发展谁。

骆河生支书说行，可是现在没有人写入党申请书。

我说这个不用担心，不写入党申请书并不等于不想入党，这种现象是由于近几年没有发展党员而造成的。现在离"七一"还有几个月时间，我们只要把风声放出去，不用过多动员，也不用过多做工作，肯定会有一批人向组织靠拢。

正如我所言，短短三个月时间，收到6份入党申请书，其中有3名长期在外打工人员,说明是他们父母、亲戚通报的信息。

二

2016 年 6 月 24 日,长银滩村党支部在村委会一楼召开发展预备党员大会。参加会议人员:长银滩村全体党员、市驻长银滩村扶贫工作队全体成员。

会议由骆河生支书主持。

大家安静后,骆河生支书说出会议议程……还没等说完,就有人反对,说会议人数不够,不能开会。

大家清点人数,应到 32 人,实到 15 人,没有超过半数。

有党员站起来要走。

我说不能无组织、无纪律,主持人没有宣布散会之前就不能走人。

我的话起到作用,要走的人重新坐回凳子上。

我问骆河生支书都通知到没有。骆河生支书说是分头通知的,应该都通知到了。

我说于亚苹老师都没有来,她就在跟前,怎么不知道开会。

马上有人喊于亚苹老师。

于亚苹老师刚一露面,就有人要她走,说学生上课要紧,不能耽误孩子学业。

分明是不想把人数凑齐。

程欢畅看到这个阵势有些急,因为他儿子程子龙也在讨论之列。几年只有这么一次机会,机不可失,时不再来,不能不说话,不能不制止。他半真半假地笑着对那个捣蛋的人说,你这个家伙不怀好意,就想把会议搞黄。

程欢畅是一般党员,但是有点不好惹。他脑子精,每年贩虾赚了不少钱,在群众中有一定威信。

击中要害,被说的那个人终于老实了。

骆河生支书把目光投向我,意思是还开不开会。

我说继续开会,先讨论;讨论不需要半数,也许还有人在路上。

原龙岩村老支书朱美环第一个发言,他说发展党员这类的会议他主持过多次,支部应该先介绍发展对象的基本情况,这样大家心中有一本账,才好发言。

骆河生支书宣布 6 名发展对象名单,之后就没有下文。

朱美环还是不满,名单不等于介绍,他坚持要一个个详细介绍,并指名道姓要支委、常务副主任程礼荣介绍。理由很简单,支部三个人,骆河生支书、主任一肩挑,工作很忙,没有时间顾及入党这件事。另一名支委没有拿工资等于是兼职,只有程礼荣是最合适人选。

程礼荣根本就没有准备发言,突然将他的军他拿什么说。不过他还是说了,他说自己都不知道哪几个人写了入党申请书。不是他失职,而是想入党的人直接把入党申请书给了工作队。

说这话时,他还有点生气,认为发展对象不该只认工作队不认他们村支部。

他的这种想法不是一天两天形成,可以说早就有这种想法,只是没有流露。

我知道,还不只他一个人有这种想法,镇里干部同样也有。有一次程刚毅镇长到长银滩村开会,看到老百姓什么事都找工作队汇报,却把他们镇、村干部冷落一边,当时他就有点生气,批评村组干部不主动作为,把什么事都推给工作队,让工作队的同志在长银滩村太辛苦了、太累了……

既然他不介绍,那么由入党介绍人介绍。

同样没有。

这时有人站出来,说党章规定,入党要有两名以上正式党员当介绍人,现在一个介绍人都没有,说明这 6 位同志表现不好,或者说是不得人心,农村话是不逗人喜欢,不然怎么会没有介绍人呢?他还借题发挥,说 6 人当中,有人有案底,有人被开除党籍,有人还坐过大牢,这些人还能入党?想入党只有一个办法,那就是平反,由纪委决定恢复党籍,而不是重新入党。

大家都知道他所说的这些人是谁,坐过大牢、开除党籍的只有村文书程至裕。

程至裕当过村主任、村支书,有群众基础,有工作能力,办事精练,处世老到,可惜在经济利益上没有把控好自己,犯了贪污罪,被检察院立案查处过,还被开除党籍、撤销职务。刑期结束后,他本想外出打工,却碰到村两委换届选举。他不是候选人,却在村委会选举中一路绿灯,以高票当选村委会委员。为了他的任职,镇党委和县委组织部、县民政局还专门召开会议,最后的决定是:尊重群众选择,他被任命为村文书。

他的东山再起让人看到他的后劲十足,有人公开讲,如果他入党,那么下一届支书就是他的。一传十,十传百,于是有人害怕他入党,甚至有人在骆河生支书面前上药,要骆河生支书提防程至裕,无论如何都要阻止他入党。骆河生支书一笑置之,相信群众的眼睛是雪亮的。

程至裕也听到风言风语,根本就没有想到要重新入党,是我提醒他可以重新入党,他这才起了这个念头。

三

还有一位村干部也是这次要发展讨论的对象,此人就是计生专干程至富。

要说有案底他也有案底,不过没有程至裕那么性质严重,他违反的是计划生育政策,生了第二胎,受了处分。

一个计生专干违反了计划生育政策? 我吃惊,后来才知道,是先违反计生政策,后当计生专干。

不过换个角度讲,让违反计划生育的人来管计划生育,说明这个错误不大,说明他已经取得了大家的谅解。

违反计划生育政策在长银滩是普遍现象,几乎家家户户都违反了这个国策。长银滩村只有两户人家是独生子女,真正的独生子女户只有一家,这家夫妇无生育能力,领养了一名女儿。另一家是天灾人祸造成的,本来是一儿一女,中途女儿因病夭折。

农村可以生两个,头胎是女儿相隔5年后可以生第二胎。程至富头胎是儿子,按照政策不能生育第二胎。可是隔壁左右邻居都是二胎以上,他可以无所谓,但是他爱人却不干,并且找出了一个很好理由。她爱人是外地人,在本地没有亲戚,说老了想出个门、走个人家都没有地方去,生个女儿就能解决这个问题。程至富一想也是,爱人跟着他从大老远的贵州嫁到南山这个穷乡僻壤之地,图个什么? 扪心自问,什么都没有图到,现在这点要求不能不满足,于是就违反了国策。

受到处分不觉得丢人,相反还有几分窃喜,这就是农村对计划生育政策的态度。何况现在政府允许生第二胎,鼓励生第二胎,所以他的错误就不叫问题。

不过这个时候有人拿他这件事说事,目的也是不想让他入党,因为他跟程至裕一样,也是支书的有力竞选人之一。

相对而言,他比程至裕更有优势,除了所犯错误性质比程至裕轻外,关键是他还年轻上十岁。

当支书虽然没有年龄限制,但是年轻是个宝,至少多程至裕十年机会。

他还有一个优势是程至裕没有的,就是有打工经历。

这个经历让他学到了许多东西，长了许多见识，收获了爱情和财富。他如果不出去打工，那么在长银滩就要打一辈子光棍。

长银滩几个光棍汉个个长得有模有样，个个不瞎不跛不残，就是找不到老婆。

找不到老婆的原因就是一个字——穷。

他家本来不穷，因二哥失踪而变穷。二哥失踪时，他最小的侄女只有一岁多，大侄儿也只有三岁。二哥活不见人死不见尸，二嫂失望至极也远嫁他乡，留下两个未成年子女给他这个家。他父亲早年去世，母亲接近60岁，大哥早年外出在外独立成家，这个家就由他一个人扛着。

二嫂的出走他只能辍学，初中没有毕业就出门打工，先是在县城、市区，慢慢越走越远。

他没有文凭，也没有一技之长，只能卖苦力。

其实他也没有多大力气，但是勤劳、肯干、听话，加之不多言不多语，给人十足的老实相。

老板觉得他可靠，让他管仓库。他接手仓库时乱成一团麻，找一个配件需要上十分钟。接手后没几天时间，仓库变了样，货物上架，配件归类，上千种配件他能一口说出在什么位置。老板记住了这个瘦小的年轻伢。

有一天老板走进仓库，说公司主管家中有事，请假二十多天，希望他能代理主管职务。

他是又惊又喜，这种机会不是人人都有，不是天天都有，他格外珍惜。

或许是老天要考验他，老板也离开公司到香港谈生意，公司上下由他一个人打理。

一周之后老板回来，看到公司秩序井然，生产任务超额完成，打心里喜欢上他。

二十多天后,主管回公司销假,老板问他仓库保管员干不干。他蒙了,这才知道原仓库保管员取代了他的位置。

原主管离职他成为正式主管。公司虽然不大,但是他却是一人之下百人之上的"副老板"。

老板有几家公司几个厂房需要管理,忙不过来,于是这家公司就基本交给他管理,由他说了算。当然他不敢瞎说,能维持现状就是最大的成绩。

没有老板业绩不减,说明接班人选对了。老板要升他的职,但是职务到顶不能升,就升工资。按劳取酬,他的工资由 500 元升到 4000 元,一下子进入富人阶层。

与此同时,爱情不期而遇,他看中了一位来自贵州山区的女孩。然而女孩在老家定了亲,悔约就得退还彩礼钱,是一笔很大的数字。他问多少,女孩说 4000 元。他一笑置之,他叫程至富,现在与"富"字沾上边,这点钱对他来说只是一个月工资,算不得什么。然而 4000 元在贵州却是建一栋房子的花销。他拿出 5000 元给女孩,让他寄回家。对方嫌少,真实的目的是不想解除婚约。好在女孩家男丁多,不同意也得同意。对方服硬认输。

他去了一趟贵州,见到了未来的岳父、岳母,同时把她两个哥哥带到公司打工。

就在他要风得风要雨得雨时,老天又给他开了一个玩笑,他母亲在干农活时摔了一跤,不仅不能干农活,而且生活不能自理,同时两个侄儿、侄女也需要人照顾,他不能不回家。

老板十分惋惜,批准他辞职的同时也给他留有后路,什么时候都欢迎他回来。

他是空手出门满载而归,不仅带回了财富,还带回了爱情。

贵州女孩随他回到长银滩,不久两人成婚。女孩变成了老婆,自此再也没有离开长银滩,现在能说一口南山话,完全本地化了。

由于打工积累了一些资金，回家后他承包了一片山地，种上水蜜桃，三年后就有回报。俗话说得好，越有越奔。他不满足现状，又从其他组租了100亩荒地，同样种上水蜜桃。工作队鼓励他扩大规模，他又租了200亩。

显然一个人管理不过来，他把她的哥哥也请到长银滩。

他的桃园有别于其他桃园，人家一年只出一茬鲜桃，他出4茬桃，从6月开始采摘一直延续到10月甚至11月，越往后走价格越贵。

正是由于他有与众不同之处，村两委换届选举时被推为村委会候选人。当初酝酿时没有他，山上三个组的人不干。由于是两个村合一个村，原有的两个村或明或暗喜欢较劲，一点不平衡就能引发群体对抗行为，或罢选，或各家选各家。双方势均力敌，过不了半数谁都当选不了。

最好的办法就是平衡。

这也是程至富票源的保证。

尽管有人反对他入党，但是力挺他的人不少。特别是他所在组的组长、原龙岩村村委会主任程恭理，在会上列举了他许多优点，认为他符合入党条件，愿意当他的入党介绍人。

四

还有四位发展对象是普通村民，其中三位长期在外打工，一位在家开淘宝网店。

在家开淘宝网店的叫程子龙，今年29岁。爱人是湖南人，打工时结识。两人去年结婚，今年生子。由于小孩小，不能外出打工就在家中创业。

在家不愁没有事做。他的父亲程欢畅会贩虾，每年5月到10月是黄金贩虾期，每天早上，父子驾船沿富水湖下游收购河虾，吃完中饭后开车送货到武汉，晚餐在农贸市场解决，之后卸货、过秤、结账、开车，到家时一般在11点钟左右。

由于是绿色天然食品,他家的河虾不愁销路。

这样的日子充实而又忙碌,并且收入不错,可是程子龙不满足于跟父亲打工,也不满足父亲这种经营销售方式,他想自己闯出一片天地。正在这时,县商务局开办电商培训班,他看好电商这个平台,立刻报名。培训结束后他加盟淘宝网店,办好了营业执照,四处张贴广告,准备开张。

我看到广告后马上联系上他。工作队正想培养一个这样的人才,长银滩村柑橘、水产品质优价廉,利润被中间商赚去,如果有网店直销,不仅解决销路不畅的问题,还能适当增加农民收入,何乐而不为。

程子龙来见我,这才知道他是本村1组人,是程欢畅的儿子。我如获至宝,马上到他的办公所在地兼实体店视察,电脑、大屏、职能职责、规章制度都挂在墙上,有模有样,像是干事业的人。我肯定了他的行为,为了表示支持,我与县就业局领导商量,将正在长银滩村进行的技能培训班课程做了调整,增加电子商务内容,请他上台讲课。

等于给了他一个不花钱做广告的机会。

然而他不敢。在他眼里,讲课是一件神圣的事情,他一个初中生从来没有想过上讲台,还是大讲台,台下是全村最熟悉的人。

我问他怕什么。他说不知道讲什么好。

我问他贴广告时遇到熟人没有。

他说遇到。

我说遇到了他们问了些什么。

他说都是网店的事,譬如什么是淘宝,什么是网店,网上买卖东西靠不靠得住等。

我说对了,就讲这些。

讲这些?他自己都不相信这些东西能上讲台,好像这些东西是狗肉上不了正席。

我说这些既是你想说的,也是老百姓所关心的。其他的东西不要讲,书本上的东西也不要讲,因为一是你讲不清楚,二是老百姓听不清楚。

他似乎有了自信心,说行。

第二天他上了讲台。

反响很好。讲完之后就有人找他做生意。养鸡户、养鱼户找他订购北方黄豆、玉米,价格比南山市场低 10%。

有了这个网店,工作队办事也比较方便,先后委托他在网上订购了除草剂、小拖车、苗木等。

我对他提了一个要求,不是购,而是销,把长银滩村优质农产品销出去。

他说好,不过他一个人做不了,主要是电脑制作技术不行,他要找个合伙人一起做策划。

谈完工作后我问他想不想入党。

他觉得入党高不可攀。

我说你父亲就是党员,做到你父亲那样就能入党。

他又觉得太容易。

我说你不要小看你父亲,长银滩没有几个人能与你父亲相比。

他思忖片刻,问如果入不上怎么办。

我说先不要考虑结果,先要有目标,有了目标就有了前进的动力和方向,就能一步步逼近目标,就有实现的那一天。

他向我递交了入党申请书。

五

还有一个人向我递交入党申请书,这个人就是方祥意的儿子方资其。

我对他不熟,与他父亲方祥意很熟。由于他父亲有事无事爱往工作队跑,所以印象深刻。

他长期在外打工,中途回家了几次,这期间我见过他,是一个腼腆的大男孩。

他会水电安装手艺,活干了不少,却手头紧张,原因是他不直接与业主打交道,挂靠在一家装修公司旗下,活干完了、业主付工钱不是直接给他,而是过一手才能到他手上。正是由于有过一手这个环节,便出现现钱变成欠条的现象,工钱被装修公司挪作他用,所以他赚的是欠条。我建议他回家打拼,他父亲也需要一名帮手。

现在他关心的事是入党,我知道是他父亲之意。我问他为什么要入党,他支支吾吾说不清楚。我知道他还没有准备好,对党的认识也很模糊,不过我肯定他的行为,并鼓励他坚定人生信念,积极创造条件,争取早日加入中国共产党。

在他递交入党申请书之前,他父亲方祥意找过我,说想让儿子入党。我问方祥意怎么自己不想入党,而把这个任务交给儿子完成。方祥意说不是不想入,而是自己得罪的人太多,有自知之明,入不了。他还说,如果不是工作队来了,他也不会让儿子入党,因为村里的人对他有意见,自然也会对他儿子有意见。工作队来了能镇住邪,能主持正义,所以他让儿子写了入党申请书。

我谢谢他对工作队的信任,同时也请他积极向组织靠拢。

他摆着手,说自己这辈子入不了党。

此话不假,在讨论他儿子入党时集中表现出来:有人说他喜欢告状,无中生有;有人说他爱占小便宜,贪心太重;有人说他脾气太坏,喜欢跟人讲狠;有人说他不讲感情,兄弟关系、邻里关系不和等等。

我提醒大家,现在是讨论方资其入党,而不是他父亲方祥意。

众人这才止住话题。

现在得有人介绍方资其的基本情况,我问谁对方资其熟悉。

没有人吱声。

稍停片刻后,有人指着村支委、三组组长方祥生,说他最熟悉。

没有错,他是方资其的亲伯伯,两家又住在隔壁,没有人比他更有发言权。

方祥生摇着手,说他家的事不介入。

我说只介绍情况,不掺杂个人感情,不作评论。

他还是不干。

一旁有人给我解释,说他们兄弟不和,闹得很凶,互相不说话。

最有发言权的人不讲,其他人不好讲,于是讨论下一个。

还有两位我都不认识。一个叫陈坚,二组人,长期在浙江打工。另一位叫徐艳芳,二组媳妇,在慈口乡一家幼儿园当幼师。

虽然没有见到人,但是我听说过。有位长者特地给我介绍徐艳芳情况,说她有文化,很谦虚,很真诚,很贤惠,叫我关注一下。

在讨论时我得知,这两个人写了几年入党申请书,特别是陈坚还搞过外调,没有通过的原因也是计划生育问题,现在已过处分期,应该不叫问题。

六

讨论发言基本结束,接下来的议程是表决。

表决之前要做的一项重要工作就是清点人数。

不用清点,人还是那么多。严格地说还少了一个,就是于亚苹老师。我寄希望于开会期间能增加几个人,却成了奢望。

骆河生支书知道此时叫不叫于亚苹老师已失去意义,因为多她一个不多,少她一个不少,不如不提此事还能蒙混过关。

我说叫于亚苹老师来开会。

152

马上有人反对,说来不来无所谓,反正今天的会议是白开的。

于亚苹老师来到会场。

众人望着骆河生支书,骆河生支书望着我,看我如何把戏唱下去。

我说清点人数。

骆河生支书不解地望着我,这不是自取其辱?

我重复一遍。

骆河生支书不情愿地说,应到 32 人,实到 16 人……

后面的话不说了。

空气十分凝重,众人目光集中到我身上,看我要唱哪门戏。

沉默一阵后我开始说话。我问,我是不是长银滩村第一书记。

众人点头称是。

我再问我算不算长银滩村一名党员。

众人点头说算。

我说既然算,那么骆河生支书再清点一下人数。

骆河生支书马上明白我的意思,欣喜地说,应到 33 人,实到 17 人,超过半数,可以表决。

我说不慌,我还有话要说。我说工作队三名同志都是党员,都与本单位工作脱钩,把临时党组织关系转到长银滩,在长银滩工作生活了 9 个月,与大家一起过组织生活,早就是长银滩一员。虽然转的是临时组织关系,但是不是临时党员,是正式党员,有发言权和表决权。把他们也算进来,参加今天会议的党员应到 35 人,实到 19 人。大家对这个数字有没有异议?

都说没有异议。

那好,继续开会。

不过还不能表决,因为有些观点还需要澄清,否则以讹传讹不知错到何时。我说刚才大家的发言有些说法不对,在这里我要给予纠正。

153

第一点,有案底的人可不可以入党。刚开会时就有人提出,有案底的人不能入党,其理由是,这些人背离了党的宗旨和信念,要入党只能平反。乍听起来有几分道理,但是不符合党的政策和主张。我党历来主张惩前毖后治病救人,允许一个人犯错误,也允许一个人改正错误,从不将人一棍子打死,鼓励从哪里跌倒从哪里爬起来。这次发展对象中,有三个人有案底,其中两个是违反计划生育政策被行政处罚,一人因触犯刑律被开除党籍。

在大家的讨论中,听得出大家对两个违反计划生育政策的同志似乎宽容一些,觉得他们过了处分期可以入党,这是对的。程至富同志违反计划生育政策受处分已有 6 年,现在这个同志表现不错,大家觉得党组织的大门应该对他敞开,我也赞成。陈坚同志也是一样,受处分已有 4 年,也过了处分期,应给予考虑。

有争议的是程至裕同志,这个同志受到开除党籍处分已有 7 年,现在是村委会干部,是海选出来的村干部,说明得到群众的认可。这个同志在开除党籍之前,是村主职干部,思想和工作表现良好。在犯罪之后,能对自己的错误有正确的认识和深刻的悔悟,出狱后确实改正了错误,积极向组织靠拢,我们应给他一个机会,不能关闭大门。

有同志认为,程至裕想入党只有一条路——平反。我认为他不属于平反范畴,平反是组织搞错了、本人受了冤枉。他没有叫冤,而是承认错误,改正错误,与错误决裂。所以说平反不适应他,重新入党是他的正确选择。党章规定,共产党员因犯严重错误而被开除党籍的,五年内不准重新入党,如果本人五年后向党组织提出重新入党申请的,可以重新入党。程至裕同志受到开除党籍处分已有 7 年时间,完全符合党章所规定的重新入党条件,因此建议大家在投票表决时给予考虑。

稍停片刻后,我观察大家动静,尽管我言之有理,言之有据,但是大家表情单一,不为所动。

还得举例说明。我说我曾经工作过的单位市委办公室也出现过类似的情况,有位科长贪污公款,被纪委开除党籍、撤销职务。这位科长没有破罐破摔,而是重新开始、从头再来,5年后重新入党,很快当上副科长、科长,现在是某开发区纪检组长,副县级干部。说明一个人不但可以犯错误,改正后还能当专门查处犯错误机构的负责人。

接着我讲第二点,没有入党介绍人是不是不得人心的表现。我说这个观点是错误理解了党章。不错,党章有这么一条规定,入党必须要有两名以上正式党员作为介绍人。但是并不等于没有入党介绍人就不能列为发展对象,更不能理解为没有入党介绍人就是不得人心。

我说我党是从战争年代中发展壮大,大革命时期党的一切活动都是地下活动,党员的身份都是保密的,如果让入党对象自己去找介绍人,不等于暴露了自己的身份。现在虽然是和平年代,但是入党的程序脱胎于大革命时期,传统的东西不会改、也不会丢。现在党员的身份虽然是公开的,但是对于一些年轻同志,或者是新入职的同志,也有可能不知道身边谁是党员谁不是党员。特别是农村,有的自然村一个党员都没有,让他到什么地方去找介绍人,即使找到,人生地不熟怎么好开口。所以说,我们只要求入党对象递交入党申请书,没有同时要求有两名入党介绍人。现在6名入党对象都没有介绍人,不能说明他们不得人心,只能说明我们支部工作没有做到位,没有履行好职责。支部收到入党申请书后,就应该与发展对象协商,或自己约请,或由党组织指定入党介绍人。我相信在座的党员不是不想当入党介绍人,而是不知道谁写了入党申请书。

我说如果没有人愿意当入党介绍人,我们工作队三个人愿意当这6位发展对象的介绍人。

马上有人表态,愿意当某某的入党介绍人。

一分钟不到就把这个问题解决了。

我感谢大家的支持。

我要讲的第三点是，入党申请书应该交给谁。我说在讨论时，程礼荣主任说支部没有收到入党申请书，申请书都交给了工作队，所以就有理由不介绍情况。这个想法是错误的，只要是党员，就有受理入党申请书的义务。发展对象把申请书交给谁，就是对谁的信任，不存在瞧不起人的意思。任何党员收到申请书后，都要向组织报告，即使是骆河生支书收到申请书，也要报告其他支部成员，不能隐瞒不报，不能弄丢、弄破损，最好是交由支部组织委员统一保管。

我说我收到申请书后，第一时间交给了骆河生支书，并嘱咐骆河生支书保管好。

我讲的最后一点就是发展党员这样的会议怎么开。我对今天会议组织工作非常不满意，事先我还问了骆河生支书准备好了没有，骆河生支书很自信地回答准备好了。现在看来只有一宗事准备好了，就是选票印好了，其他事都是仓促上阵。

我说发展党员会议是个严肃的会议，发会议通知时要说清楚会议内容，要强调会议的重要性。今天到会的情况很不理想，我相信有人没有接到通知或者不知道会议内容，如果知道是发展党员会议，一定会挤出时间、克服困难来开会。

我说这个会议还应当通知发展对象也来开会，让他们在会上宣读入党申请书或谈对党的认识。尽管多数发展对象有的在外打工，但是这个环节最好不要免。

最后我感谢大家发言踊跃，敢说真话。

七

我讲完了，开始分发选票。

选票上写得很清楚，只能选三个人，多选作废。骆河生支书又强调了一遍。

大家拿到选票后开始填写。

五分钟不到，投票结束。接下来是举手表决监票人、计票人。

计票工作正式开始。

我注意到，没有人走动，大家静候投票结果。

过去可不是这样，投完票后就散会。再向前推几年，采取的是举手表决方式，由于是公开，都怕得罪人，所以得票都高，支部不得不开会定人。

计票结果出来：程至富 16 票，程子龙 15 票，陈坚 10 票，程至裕 7 票，徐艳芳 3 票，方资其 2 票。

距离基本拉开，前三名一目了然。让人没有想到的是，程子龙居然得了 15 票，程至裕却没有入围。

可以走人，却没有人愿意走。余兴未尽，有人说这次最公平，不但票选，还当场唱票，避免了暗箱操作。马上有人接话，说公平是公平，就怕不按照大家的意见来，你选你的，他报他的，最后批下来的结果让人大吃一惊。

分明是在提醒支部，不要把程至裕报上去。

他的话带有煽动性。众人七嘴八舌，意见一致，说要按结果来。有人放出狠话，如果不按照这个结果上报，他就去告状。

骆河生支书马上表态，严格按照投票结果上报大场镇党委。

我说我会全程监督，请大家放心。

这才尽兴散场。

散会后我回到工作队。方祥意找来，说羊肉没有吃到还惹一身膻，说有些人不该把他的缺点强加在他儿子身上，说他哥哥对他有意见不该对侄儿有意见，说他儿子这回入不了党以后更加入不了……显然有人把会议情况讲给他听。

我没有想到这么快他就知道。

我说这个会就是让人指指点点的会,就是让人指优点说缺点,不然区分不出谁更优秀。如果怕被人说三道四,就不要写入党申请书。我说得票不高也很正常,这次不高下次不一定低,机会多着呢,只要你不放弃,不言败,最终会有入党这一天。

他还想说什么,程至富、程欢畅进门。他不好再说,以有事为由告辞。

两人不是相约而来,而是在门口相遇。看得出他们的心情不错。可能是由于对方的存在,所以都没有说出真实来意。不过我看得出,都是来分享胜利喜悦。

不过高兴未免太早,听骆河生支书讲过,大场镇党委只同意给一个指标,这就意味着还有两个人不能如愿以偿。

不过可以争取。我对骆河生支书说,三个人的入党手续办好后,我们一起到镇党委去沟通,争取多给一个名额。

这期间陈坚回来办入党手续,他到工作队找我。

他不到40岁,在外打工多年,老婆、孩子随他一起在外生活。我问他入党后有何打算,他说继续打工。我问他有没有回乡创业的想法,因为长银滩村现在太需要他们这些在外打拼的人回乡带动。他说没有赚到大钱,不过想约几个人合伙,把泉家山承包下来种草莓。我说那是块好位置,荒了几十年,土层厚,又有水。现在公路修通了,是该好好打理。

我问他几时走,他说如果能宣誓完再走那就最完美。

我问骆河生支书,"七·一"之前预备党员能不能审批下来。如果能审批下来,那么我们在"七·一"那天开宣誓大会,庆祝党的生日。

骆河生支书说难,现在外调还没有完成。

我提醒骆河生支书,不能错过审批时间,因为上级党委不会为长银滩村三名入党对象专门开会讨论。

骆河生支书说知道,已与大场镇组织委员联系了多次,估计今年审批工作可能要推到"七一"之后,因为现在都在防汛,抽不出时间来研究。

骆河生支书还给了我一份县委组织部文件,里面附有一张表格,是全县农村发展新党员名额分配表,大场镇名额达不到一村一个,长银滩能发展一个就够本了。

我没有想到县委组织部会把"纳新"工作统起来,之前我还以为最终审批权在大场镇党委。但是名额太少,依这个速度,100年还不能发展100人,必须增加名额。

要增加名额就得找县委组织部,我让骆河生支书把部长的电话找到,我好与部长联系。

骆河生支书说这个时候找不到人,就是找到也没有用,因为镇党委组织委员已给他们打了招呼,说名额就是这么多,不能增加,如果各村安排不过来,就等年终再发展一批。

如果一年发展两批也行。

不过现在得向有关同志交个底,让大家有个心理准备。特别是程至裕,叫他不要泄气,工作依旧进行,不要背思想包袱。

骆河生支书说这次投票对他有点打击,谁也没有想到高票当选村委会成员的人却得票不如初出茅庐的程子龙,真是此一时彼一时。

我也弄不明白会是这个结果,找了一些人调查,有三种说法:一是他太有能力,有人怕他官复原职而占了自己的位置,断了自己的"官路";二是他所犯的错误组织能谅解,但是一般党员不能谅解;三是当村干部与入党是两码事。大家选他当村干部并不是选他本人,而是选他所代表的群体利益。而入党就没有这层意思。

有人怀疑骆河生支书没有投他票。程至裕本人也有这个想法,曾试探性地、笑着问骆河生支书,说骆河生支书怕他入党。

尽管是玩笑话,骆河生支书明白有几分以假乱真的意思。

就在入党话题快要淡下来时,村支部收到正式文件通知。三选一,程至富同志被批准为中国共产党预备党员。此时离"七·一"已过去很长一段时间,

大家翘首盼望的"年终再发展一批"也成为泡影。

通过这次发展党员,我找到了农村入党难的原因:一是私心。现有党员中确有一部分人有私心,害怕竞争,怕别人抢了自己的乌纱帽,不想甚至阻止他人入党;二是指标名额少。宏观调控很有必要,但是不能城乡有别,不能厚此薄彼,既要看绝对数字,又要看党员比例,不能比例失调。从绝对数字来看,农村党员的确不少,但是真正在农村的党员不多。要确保支部的战斗堡垒作用,首先要确保党员的人数,要让党组织有自己的基本队伍,否则很难发挥作用;三是难凑齐半数。农村老党员中,相当大一部分人进城带孙,加之一部分党员在外打工,在家党员不到三分之一,一些需要表决的会议因凑不齐人数,只能流产;四是讲关系。由于利益驱使,少数党支部负责人不看成绩、表现、贡献,看关系、重人情,将一些不符合条件的人拉进党员队伍;五是没有明确标准。尽管党章上有标准,但是原则话过多,不便操作。要结合农村实际,地方党组织要出台细则和具体条款,让普通老百姓都能看懂会用。

如能解决以上五个问题,农村入党难也就不难。

第八章　打工仔之死

一

吃完早饭后我就有睡意,只怪晚上没有睡好早上按时起床,这种状态一直延续个把月时间。

每年 7 月下旬到 8 月上旬,是鄂南最炎热的季节,白天气温在 41 度左右徘徊,低于 38℃的日子很少,除非台风来打搅。工作队房子由于顶层没有盖瓦,室内又没有隔热层,水泥天花板在阳光下暴晒 14 个小时,整幢房子就像一个大蒸笼。

空调不顶用,吹出的是热风,到深夜 3 点才有凉意。

天亮即醒是我多年养成的习惯,已形成生物钟。尽管没有睡足,但是绝对不会赖床,沿富水湖跑上一段路程,然后爬山,再在农户家屋顶走八卦步。出了一身汗后回家吃早餐,又出一身汗,擦干后搬出一把椅子坐在门边,任湖风吹拂,很是惬意。

不一会便有睡意,迷迷糊糊之中听到有人喊我,是骆河生支书、三组组长方祥生和四组组民朱美利。

方祥生说,三组组民朱贝卫在山头市遭遇车祸身亡。他是家中长子也是独子,上有老下有小。车祸已经发生 12 天,朱家至今没有得到一分钱赔偿。

他指着朱美利说,这是朱贝卫的叔叔,具体情况让他给你讲。

朱美利说,他大哥即朱贝卫的父亲朱美学已从长银滩赶到山头市,同时朱贝卫的妻子赵群从福建南平赶往山头市,他的侄女即朱贝卫的小妹朱玉凤从杭州飞到山头市,然而到医院没有见到亲人最后一面,朱贝卫抢救无效死亡。据传回来的消息,肇事司机是个 20 岁的年轻仔,农村人,家里很穷,属于那种"杀我无血,剐我无皮;要钱没有,要命一条"的队伍。肇事车辆属于报废、无主、无车牌黑车。现在还不知道肇事车辆与肇事司机之间的关系,如果是肇事司机偷来的或者是借来的还好办,还可以找到车主,如果是肇事司机本人的,那就是倒了八辈子大霉。这样的人命案,总不能以"要钱没有,要命一条"来打发受害者家属。人命关天,杀人偿命欠债还钱,天经地义。侄儿不能白死,得有个说法。可是山头市陇湖区交警说没有办法,叫他们朱家到法院起诉。现在怎么办。

我问他去了法院没有。

朱美利说不知道,听大哥说山头市那边好像在踢皮球,在敷衍外乡人。他哥哥、侄女及侄媳妇人生地不熟,身上带的钱用完了,家中寄去的钱也快用完了,现在没有钱接济,他们朱家到了"叫天天不应,叫地地不灵"的地步……没有办法,这才来找工作队。

我安慰他不要急,先把情况说清楚,我来想办法。

然而他说不清楚,不是这不知道就是那不知道。我说有交警事故鉴定结论吗?

他说没有。

我说肯定有,请他马上打电话问他哥要。

电话打通,有。

我说拍个照片发过来。

好在朱贝卫的爱人赵群会使用现代通信工具，只一会工夫，我手机上收到信息。

不叫鉴定结论，叫事故认定书。文件头全称是：山头市公安局交通警察支队陇湖大队道路交通事故认定书，文号：山公交认字第2016070033号，发文时间：2016年7月29日。

我认真浏览一遍，认定书简单明了，不是朱美利所说的黑了天，而是索赔有希望。在这起事故中，肇事司机负全责，肇事车辆也不是黑车，也不是报废车，而是达到报废标准的车，并且有牌照有户主，还是外籍小轿车。

外籍车意味着财富。在我们都宁，黑牌照的车是外籍车，一般都是外资企业老总座驾。说明这台车有来头，车主大小是个老板，并且还是个外资老板。既然肇事司机是个穷小子，那么肇事车主可以弥补这个不足。

我再问朱美利，事故前朱贝卫是在上班的途中还是在办私事。

他说不清楚，反问我这与车祸有什么联系。现在他们朱家草木皆兵，生怕说错话影响事故责任认定。

我说有关系，如果是上班途中，那么还可以申请工伤认定、工伤赔付，并且不影响交通事故赔付金额，也就是说可以得到双倍赔付。

原来如此，他马上打电话问侄媳妇赵群。然而得到的回答不是在上班途中，而是去找工作的途中。之所以这么肯定，是因为朱贝卫与远在福建的妻子保持热线联系。

也就是说朱贝卫没有找到工作，不是在职员工。在职与不在职是两个概念。

本来朱贝卫有工作，夫妻俩在外打工。由于工作环境、工资待遇没有达到理想水平，想换一个地方、换一个岗位，于是想到去发达地区山头市发展。夫妻俩商量好，由朱贝卫打前站，等找好工作后再通知爱人过来。为了节约开支,他骑上爱人刚买不久的新摩托车,一路南行,行程900多千米,一路平安无事,没有想到在山头市的第二天就出事。真是天有不测之风云,人有旦夕之祸福。

人死不能复生,现在朱家最大的心愿是尽快拿回赔偿、尽快安葬亲人。然而山头市方面的态度让他们担忧,总感觉是在踢皮球,更怕不能按章办事。

朱美利问我有没有办法让山头市方面秉公执法、按章办事。

我说有,请律师出山。

朱美利说没有钱。

我说不要钱。

他以为是工作队出钱。

我说工作队不出钱,律师也不收一分钱。

他疑惑地望着我,有这样的好事?

我说这样的律师在县总工会职工权益维护中心和县司法局法律援助中心。

他问需要办些什么手续。

我说最好去镇政府开个证明。

骆河生支书说带他一起去。

有骆河生支书出面当然更好。我说如果这步棋走不通,再来找我。

朱美利连声说感谢。

他们一行到了镇政府,正好碰到程刚毅镇长。骆河生支书说明来意。

程刚毅镇长说人命关天,市工作队都在过问此事,镇政府不能不管。他马上打电话叫大场镇司法所所长到镇政府来,责令他带上朱美利一行到县法律援助中心办理手续,并带一名律师同赴山头市。

还嫌不够,程刚毅镇长还与南山县山头市商会熟人联系,请他们出

164

面做好协调、接待工作。

二

我与朱贝卫不熟,他一直在外打工,回家的日子不多。

由于他父母不是贫困户,所以没有他家档案。事后我才知道,他有一个幸福的家庭,父母身体健康,在家以养鱼、种橘为业。他在家排行老大,30 岁。手下还有两个妹妹,都已出嫁。特别是小妹朱玉凤日子过得不错,在杭州买房定居。他的妻子赵群,25 岁,四川人。两人育有两个儿子,大的 4 岁,小的不到 1 岁。

就是这样一个让人羡慕的家庭,却毁在一个醉汉的车轮下。

2016 年 7 月 22 日 5 时 15 分,朱贝卫骑着妻子的 C×××××号牌两轮摩托车,行驶在应聘的道路上。由于天刚亮,街上的行人和道路上的车辆屈指可数。朱贝卫前方是一台无号牌两轮摩托车,再前方是一辆小轿车。当小轿车行驶到长江路中国人民银行山头市分行路段时,突然右驶,撞上后边同向行驶的那台无号牌两轮摩托车,小车顿时失控,带着无号牌摩托车就地掉头。朱贝卫来不及刹车,被失控掉头的小车腹部碰撞、挤压,人和摩托车倒地。一时金属碰撞声、地面与金属的摩擦声以及地面与金属、金属与金属之间摩擦碰撞产生的火花让路人纷纷躲避。失控小车继续横冲直撞,直到撞到路边路灯才停住。

司机下车后看着满地的残片和两个倒在地上呻吟的伤者,没有想到救人,而是想到逃跑。逃跑之前他拿出起子和扳手,拆除D×××××号牌,然后弃车逃离事故现场。

路人打电话报警。

朱贝卫和那位无号牌摩托车司机被送往山头市医学院第一附属医院住院抢救。医生费了九牛二虎之力,挽回了那位无号牌摩托车司机生

165

命,朱贝卫却医治无效,于当天 17 时左右死亡。

肇事司机陈某民在公安机关侦查压力下,三天后到交警部门投案自首。

根据肇事司机陈某民交代,他 20 岁。没有机动车驾驶证,是饮酒后驾驶,驾驶的 D×××××已达到报废标准,且检测为制动不合格车辆。

真是盲人骑瞎马,夜半临深池。

这种情况不出事才怪。

同时查明了陈某民不是车主,车主为山头市陇湖工业园谢某彬。

现在交警要搞清楚的问题是,陈某民是通过什么渠道弄到这台小车,是盗窃还是租借?

他说是购买,花了 3000 元从熟人手上购买。这个熟人是同乡王某鹏。

交警要他出示购买手续。他说没有,是现金交易,也没有办理过户手续。

立即传讯王某鹏。

王某鹏,男,时年 26 岁。

王某鹏很快承认是他所为。

问题又来了,王某鹏也不是车主,他怎么能卖别人的车?

他说是帮一个朋友卖车。

朋友叫陈某杰。

传讯陈某杰。

陈某杰是山头市一家车行老板。到案后不承认与王某鹏是朋友,也没有委托他卖车。

一个说委托了,一个说没有委托,王某鹏拿不出证据,证据链断裂。

传讯车主谢某彬到案。

然而他是香港人,不知道人在什么地方。

调查到此结束。

到了下结论的时候。山头市陇湖区交警大队认为,陈某民的行为违反了《中华人民共和国道路交通安全法》第十四条、第十九条第一款,第二十一条,第二十二条第二款,第七十条规定,依据《中华人民共和国道路交通安全法实施条例》第九十二条规定,认定陈某民负有事故全部责任。

陇湖区检察院收到交警认定书后,决定对陈某民以交通肇事罪立案侦查。

就在这时,南山县两名律师到达山头市。与家属接上头后,他俩立即赶到陇湖区交警大队了解情况。陇湖交警认为,他们所做的工作已经完结,有关人身损害赔偿问题之前他们也与肇事司机及家属进行了沟通,希望他们能够认识后果的严重性,积极主动理赔,争取受害者家属谅解。也许是肇事司机家境不好,也许是有"打了不罚,罚了不打"的错误想法,肇事司机父亲拿出 1 万元后再也不肯出钱。交警没有办法,协商工作只能做到这一步,至于赔不赔,赔多少,那是法院的事,陇湖交警建议两位律师去找法院了解情况。

三

朱美利再次找到我,说家乡律师在山头市进不了陇湖区法院的大门,他大哥、侄女和侄媳妇在山头市干着急。山头市消费水平比南山高,每天住宿费、伙食费、交通费就是一大笔,朱贝卫的尸体停放在太平间每天要收停尸费,长此下去他们耗不起,希望能快办快结,早日把朱贝卫的遗体带回家。

这种心情我能理解。律师进不了法院的大门我还是第一次听说。也

167

许是他们欺生，那么就请熟人出面，这个熟人就是工会组织。

我想通过工会职工维权这个渠道，联系上陇湖区总工会，请他们出面过问此案，也许效果要好一些。还有一个办法，他法院的大门不是难进吗，让记者去敲开他们的大门。记者是无冕之王，每个单位都有义务接受新闻媒体的监督，谅他们不敢阻拦记者。

主意已定，立即实施。

电话联系上市总工会分管职工维权的副主席陈先汉，我请他与南山县总工会协商，由南山县总工会出面，联系上山头市陇湖区总工会，请陇湖区总工会帮忙，共同做好法院的工作。

陈主席说好，立即与南山县总工会联系。

不一会，南山县总工会朱主席打来电话，问了一些情况后表示全力支持。

稍后我与都市报徐记者联系，请求媒体支援。

她说这是记者的职责，很乐意此行，不过出远门特别是出省，必须请示领导。

我问她领导是谁，她说是李总。我们是熟人，相信他会答应。

过了一会，都市报李总与我通上电话，问清情况后没有提出任何要求，说要全力支持。

像这种情况报社一般会提出差旅费要求。

两路队伍做好出发准备，只等我的通知。

朱美利再次来到工作队，他说正规的渠道先缓一缓，他们朱家要学社会上通常的做法、也是行之有效的做法，就是组织亲友团上访。

我说来去花销太大，并且路途遥远不安全，还影响社会稳定，最好先用我的办法试试。

他说来不及了，昨晚已经出发，一共20多人，租了一辆中巴车，现在正在去山头市的路上。

我问谁出的主意。

他犹豫一阵，说是被逼的。

我知道他不肯说出这个幕后"高人"。

他说如果按正常程序、正规渠道办事，那么他们等不起，也没有这个精力、财力、人力、物力耗在这上面。农村有入土为安的习俗，朱贝卫的遗体一天不拉回长银滩下葬，他们整个家族一天都不会安宁。时间越长，他们朱家越被动，甚至精神会崩溃。目前朱家没有一点积蓄，下一步住院费、停尸费、火化费、安葬费都要钱，要是等判决结果出来，等拿到钱再来办后事，不知是何年何月，还有可能拿到的判决书是一纸空文。按照肇事司机本人及其家庭收入情况来看，不能执行到位的可能性很大。如其干等，没有希望的等，倒不如主动出击，到山头市政府上访，请市政府先拿出一笔钱来安葬死者。只有死者安葬了，活着的人才踏实，整个家族才能平静。这样以后的事可以等，可以以后再说。

不能说想法不对。

我突然想起，他为什么不去。要说亲，没有人比他更亲，他是亲叔。

他说家族开会时说好了，一家去一个。为了不耽误农活，壮劳力不去。因为不是去打架，是去讲理，在这方面老人妇女还有优势。

他说他想去，家里的确走不开。他在富水湖水库圈了 20 亩水面，搞起网箱养鱼。养的是草鱼，每天得上山割草，黄昏运到山下投料。

去山头市的人第二天就行动了，我是在微信朋友圈视频中看到。显然是做足了准备，到了市政府办公楼前，扯起横幅，举起标语，捧着朱贝卫的遗像，一群老太婆跪地痛哭……只几分钟时间，警察来了，要收标语横幅，遭到家属反抗。

争扯中，有人高喊警察打人。

其实没有打人，是故意制造氛围。不过也怕发生肢体冲突。

喊声引来更多的围观群众，争扯更加激烈。

在视频中我看到朱贝卫的遗像,一个英俊帅气的小伙子。还看到他的妻子及他小妹,两个女人一人手中抱着一个小孩,全力阻止警察收缴横幅。

面对一群妇女儿童,警察有力使不上,只能放弃行动。

视频中出现一位领导,他让警察退后,然后问谁是至亲。朱贝卫的父亲、母亲、妻子、妹妹等都是至亲。他亮明身份,是山头市信访局一把手。他说至亲留下,其他同志先回去。

回答是回不去,家在湖北。

信访局长没有想到是远道"客人"。既然这样,那么把状纸留下,先找个地方休息,给他们信访局一点时间,让他们研究一个处理意见,然后通知死者家属和相关部门来信访局协调解决。

说完之后,他让工作人员记下朱玉凤的联系电话。

现在大家可以退场了。

有人怀疑是缓兵之计。不过不像,人家局长态度十分诚恳,姑且信他一次。不过是缓兵之计也不怕,无非是多跑两趟市政府。

吃完中饭后,朱玉凤收到市信访局电话,通知她及至亲下午 4 时到市信访局开会。

有人担心,怕把至亲关起来。

管不了这么多,事已至此,怕不是办法。朱玉凤和她爸爸、嫂子按时来到会场。

会议由信访局局长主持。参加会议的人不多,除朱贝卫至亲外,还有山头市政法委、公安局、交警支队领导在场。

三方各抒己见。

由于有交警的认定书,案情没有争议,补贴金额有争议。政法委、交警支队两家只肯出 5 万元安葬费。朱贝卫一方提出,从 7 月 22 日朱贝卫出事到今天,他们已经支出了 5 万多元费用。不是狮子大开口,现场出示了凭证,其中交通费 8000 元。有飞机票、火车票、出租车发票;住宿费 16800 元。有长平住宿旅店出具数额 880 元的收款收据、山头市金平区不夜天酒店有限公司出具数额 7140 元的发票;伙食费 10000 元。有点菜单、收款收据及手写字据。

可信。

再协商。两家单位同意再加一点,朱家同意再少一点,意见基本趋向一致。

到了拍板的时候,信访局长开口讲话,先把三家都表扬一弄,然后提出三点处理意见:一、事故赔偿与处罚服从法院判决;二、基于判决有一个时间过程,而死者遗体火化及安葬不能再等,加之死者家庭困难,由山头市政法委出资 6 万元、山头市交警支队出资 5 万元,共计 11 万元,用于死者安葬与家属往返山头市费用。钱打到死者家属指定账户上;三、遗体必须在 8 月 19 日之前火化。

讲完后信访局长问有没有意见。

都说没有意见。

那么签字。

生效。

四

由于家中有事,我休了几天假,到村后骆河生支书对我说,朱贝卫的骨灰已经下葬,朱美学要请我吃饭,感谢我在朱贝卫车祸事故处理中帮了忙出了力。

我心里明白,没有帮上忙,都是他们自己努力的结果。

骆河生支书说朱家心中有数,忙是肯定帮了,还很及时。

我说及时更谈不上,我所做的一切不是帮忙,是在宣传政策,实践证明我的主张没有起到作用。

骆河生支书说起到作用,并且还不小。

我不明白所指。

骆河生支书说当时朱家很可怜,叫天天不应,叫地地不灵,没有人帮,没有人理,就在这个时候,听说工作队在帮忙找人、还安排律师到山头市的消息,朱家人看到了希望,看到了正义,又有了战胜困难的决心和信心。

我明白骆河生支书所指的意思,原来是精神方面帮忙。但是,不是我一个人的功劳,还有镇村两级的功劳。

骆河生支书说还有一个事要和我商量,村委会准备增报朱贝卫家为低保户和贫困户。

我完全同意。

骆河生支书说民政部门可能通不过,因为他家属于那种大额赔款户,按政策不能申报。

我说一分钱都没有收到,何来大额赔款户。如果官司打得顺利,如果当事人积极赔款,可能还有几十万元人身损害赔偿金,现在的问题是,这笔款八字还没有一撇,何时到位谁也说不清楚。

我的意见是,在大额赔款未到位之前,朱贝卫家可以当低保户、贫困户,等赔偿款到位后,再取消不迟。

有人纠正我的话,不是一分钱都没有,而是赔了 11 万元。

我说这 11 万元对于朱家只是一个数字或者是一个符合,因为朱家没有得到一分,全部用在朱贝卫的后事上。也许还不够用,甚至还要贴上一笔。现在人没有了,钱也没有了,谁来抚养朱贝卫的孩子,谁来为他父母养老送终?所以说,必须要有一笔钱来保证孩子及老人今后的生活,必须由肇事者买单。

再次遇到朱美利时我问起官司进展情况,他说没有进展,原因是法院刚刚(11月4日)收到检察院起诉书,不可能一下子就开庭。不过,他家已委托当地律师当诉讼代理人,全权负责这个官司。

这样最好,因为他家没有人懂法,去了也是白去。案子也不是一天两天能解决,这期间要吃要住,动手都得花钱,委托当地律师等于省了这一笔费用。

又过去一个月,朱美利说法院在12月5日下达判决书,判决被告陈某民犯交通肇事罪,判处有期徒刑四年六个月。

我说罪有应得,总算给朱贝卫一个交代。

我问民事赔偿是多少。

他说不知道。

我说怎么不知道呢,应该在一张判决书上。事后我了解到,他家没有提出刑事附带民事诉讼,法院是根据检察院提出的公诉做出的刑事判决。

是失误还是律师疏忽?

律师的解释是,民事诉讼周期比刑事诉讼周期长,先把主罪定下来,民事赔偿就好办。

原来是故意所为。我问民事官司开始打了没有?

朱美利说已经向法院提起诉讼。

五

民事诉讼周期真的很长,直到我离开长银滩也没有结果。期间我向在工作队煮饭的陈大姐打听过多次,回答均是没有进展。陈大姐与朱贝卫家是亲房,彼此信息灵通。

进入7月,我想朱贝卫遇难快一年了,民事诉讼应该有个结果。

电话打到朱美利家,他说结果刚出来,判赔50多万元,具体数字要问他侄女朱玉凤。

　　50 多万元与我预想的差不多。虽然我不是律师，但是我在单位分管政策法规工作，前几年行政复议权还在市政府各个职能部门时，市人社局受理了十几起工伤行政复议案，我对其中三起因车祸引发的工亡案件进行了剖析，得出的结论是：工亡一名职工，其亲属可从工伤保险基金中领取丧葬补助金、供养亲属抚恤金和一次性工亡补助金。以都宁市工资水平计算，三项共计大约是 60 万元。朱贝卫案事发时正处在找工作期间，赔偿金可能不会以城镇职工工资水平计算，不过山头市农民人均纯收入和农村消费水平比都宁要高，所以赔偿金额应该接近都宁这边职工赔付水平。

　　不一会朱玉凤打来电话，说是 544768.7 元。

　　我想知道赔付金额构成，同时也想给关心此案的市总工会陈主席和都市报李总、徐记者一个交代，于是请求朱玉凤把判决书影印件发到我手机上。

　　朱玉凤说行，不过官司仍在进行。

　　我以为是被告上诉了，需要进入二审。她说不是，一审判决书下达后，在上诉期内，原被告均没有上诉，所以该判决书在 7 月 6 日发生法律效力。

　　我说好，既然发生法律效力，那么官司应该了结。

　　突然我想起，肯定是被告没有履行责任能力。

　　被我猜中。判决发生法律效力后，法院规定五日内被告必须赔偿原告 544768.7 元，但是到现在为止，已经超过 15 天，被告方没有一点响动。没有办法，他们只能申请强制执行。

　　等于在打第三个官司。

　　一个案三个官司，正如朱家所预料的那样，真是耗不起。

　　不一会，收到朱玉凤发来的判决书影印件。

我认真看了几遍,感觉陇湖区人民法院判决还是客观公正,特别是赔偿金额计算一清二楚。544768.7 元赔偿金是由医疗费、住院伙食补助费、死亡赔偿金、被抚养人生活费、交通费、办理丧事人员合理住宿费、丧葬费等几大类组成,其中:

医疗费 9623.34 元。含朱贝卫发生车祸后抢救费和去世后停尸费。

丧葬费 33837.5 元。按照受诉法院所在地上一年度职工月平均工资标准,以六个月总额计算。根据 2015 年山头市国有单位在岗职工年均工资 67675 元的标准,朱贝卫丧葬费为 33837.5 元(67675÷12×6)。

死亡赔偿金 267208 元。朱贝卫为农业户口,死亡赔偿金按照受诉法院所在地上一年度农村居民人均纯收入二十年计算。2015 年度山头市所在省农村居民人均纯收入为 13360.4 元,原告可得死亡赔偿金为 267208 元(13360.4×20)。

精神损害抚慰金 50000 元。

抚养人生活费 172559.13 元。朱贝卫死亡时,有 4 岁长子和不满 1 岁的次子,均为未成年人。长子生于 2012 年 7 月 12 日,从朱贝卫死亡之日计满 18 周岁,需要朱贝卫抚养 5095 天;朱贝卫的次子生于 2015 年 8 月 23 日,从朱贝卫死亡之日计至满 18 周岁,需要朱贝卫抚养 6236 天。被抚养人生活费应按照受诉法院所在地上一年度农村居民人均年生活消费支出标准计算。山头市所在省 2015 年度农村居民人均年生活消费支出为 11103 元。另规定,被抚养人有数人的,年赔偿的总额累计不得超过上一年度农村居民人均年生活消费支出额。因朱贝卫只有两个被抚养人,而且朱贝卫被抚养人生活费的年赔偿总额累计并不超过上一年度农村居民人均年生活消费支出额,这样被抚养人生活费为 172339.86 元(11103÷365×5095×100%÷2+11103÷365×6236×100%÷2)。这里除以 2 是因为母亲还有抚养权。朱贝卫双亲因有劳动能力,有生活来源,不符合抚养人条件。

交通费为 3500 元。根据受害人及其必要陪护人员因就医或者转院治疗实际发生的费用计算。朱贝卫家属从外地赶赴山头市，办理朱贝卫交通事故死亡事宜，其交通费属于合理性赔偿范围，但只能以参加人员三人为限。根据本案实际情况，考虑到原告往返路途较远等实际情况，本院酌定原告交通费为 3500 元。

住宿费 7560 元。住宿费参照山头市住宿费每人每天 420 元的标准，以 3 人、每人 6 天为限计算，住宿费为 7560 元(420×3×6)。

住院伙食补助费为 100 元。住院伙食补助费是指受害人发生交通事故后在医院接受诊疗期间，需要进行伙食消费，由赔偿义务人依据一定标准进行赔偿。因朱贝卫住院当天抢救无效死亡，按山头市伙食补助费每人每天 100 元计算，可获得住院伙食补助费为 100 元。朱家提供其他伙食费票据，不是朱贝卫因交通事故住院治疗产生的伙食补助费，而是朱贝卫的亲属参与处理交通事故产生伙食费，不属受害人住院伙食补助费，依法不宜列入赔偿范围。

摩托车车辆损失费 2100 元。朱贝卫车祸现场所骑 C×××××号牌二轮摩托车，属于其妻子赵群所有。赵群于 2016 年 4 月 21 日购买该摩托车，购买价格 2100 元。该车在车祸现场被毁，可获赔车辆损失费 2100 元。

案件受理费 8501 元。一共是 9501 案件受理费，按照责任划分，朱家承担 1000 元，原告陈某民承担 8510 元。

六

现在的问题是如何拿到 544768.7 元，否则赔偿金就是镜中花水中月。

尽管已经申请法院强制执行，但是不难想象执行中的难度，主要是肇事人陈某民在坐牢,还有三年半刑期。坐牢前又没有个人财产和现金收入,没有能力履行法院的判决。

不过还有一线希望,可以找卖车人王某鹏赔偿。法院对王某鹏做出连带赔偿责任,按照法律规定,在肇事人陈某民没有赔偿能力的前提下,法院可以责成王某鹏先行赔付。

但是,王某鹏家境也不是很好,毕竟只有 26 岁,这个年纪能有多少积蓄?

王某鹏觉得自己很冤,他说他不是肇事车辆的出卖方,又不是车主,该车辆登记车主为谢某彬,但实际为陈某杰所有,他只是作为中间人介绍被告陈某民买车,并没有从中获利,不应当承担民事责任。

但是肇事司机陈某民不这么认为,他说他在买车时,王某鹏只是提出不是 D××××(外籍号牌)小轿车的车主,没有说该车辆已达到报废标准,也不知道登记所有权人,只知道没有年审。他给了王某鹏3000 元现金,王就将车、证给了他。

法院认为,王某鹏明知 D××××(外籍号牌)小轿车已达到报废标准,仍将该机动车转让给被告陈某民,并收取该车辆价款 3000 元,所以判其承担连带赔偿责任。

有一点我弄不明白,朱家为什么不追加王某鹏的上线,即肇事车辆的实际所有人陈某杰,和车主谢某彬为被告。这两个人可不穷,一个是外资老板,一个是车行老板。更关键是,这两个人在这起车祸案中脱不了干系,依据《最高人民法院关于审理道路交通事故损害赔偿案件适用法律若干问题的解释》中的规定:拼装车、已达到报废标准的机动车或者依法禁止行驶的其他机动车被多次转让,并发生交通事故造成损害,当事人请求由所有的转让人和受让人承担连带责任的,人民法院应予支持。同时《侵权责任法》第五十一条也规定,以买卖等方式转让拼装或者已达到报废标准的机动车,发生交通事故造成损害的,由转让人和受

177

让人承担连带责任。

也就是说,车辆达到报废标准的一定要根据国家规定处理,不能擅自转让,否则一旦发生交通事故,不论经过多少次转让,所有的转让人和受让人都要向受害者承担赔偿责任。

既然有这条规定,那么就应该拿起法律武器来维护自身合法权益。

朱玉凤说想到,不是不想追加,而是取证困难。D×××××(外籍号牌)的车主谢某彬是香港人,早期在山头市开了一家服装公司,经营不善倒闭,现在谢某彬基本不来山头市。追加他为原告,就得找到他的人,就得上香港去。

再说陈某杰,王某鹏指认他是 D×××××(外籍号牌)车的实际所有人。这个人好找,在山头市开了一家车行。律师找到他时他正在忙于交易,说明他生意不错。律师谈到来意时,他不承认委托王某鹏卖车,也不承认他将 D×××××(外籍号牌)卖给了王某鹏,说 D×××××(外籍号牌)车与他车行没有关系。尽管他这样讲,但是王某鹏坚持认为是陈某杰让他卖 D×××××(外籍号牌)车。由于没有证据,所以法院没有采信。

如果这两个人不能追加为被告,544768.7元赔款不知何年何月才能执行到位。特别是谢某彬,他不能到案还影响了追究陈某杰的连带责任。

难道就让谢某彬这样的人逃出法网?

最可怜的是两个孩子,父亲去世,母亲外出打工,他们随爷爷、奶奶生活。且不说隔代教育对孩子身心健康的影响,如果有那一天爷爷、奶奶做不动,没有了收入,而赔偿金又不能到位,那么两个孩子靠什么生活?

为了孩子的美好明天,我呼请全社会关心此案,尽快让谢某彬到案。

第九章　部门行动

一

大场镇有一个部门我自始至终没有对上号,也没有打个交道,但是我的工作与他密不可分,这就是大场镇扶贫办。

我不知道有没有这个机构,但是我感受到他的存在。

工作队到长银滩村没几天,他就取消了工作队房东的贫困户资格,接着工作队要取消的 4 户贫困户他却不同意。过完年后,长银滩村突然冒出 3 户贫困户,我不知道是怎么冒出来的,直到这 3 户到工作队来报到我才知道。

确切地讲不叫报到,是来领取产业扶贫项目补贴。

我怕有假,问骆河生支书怎么回事。

骆河生支书回答是不知道。

我觉得奇怪,支书怎么不知道,难道真是假贫困户?

骆河生支书肯定地说,不会有假,是扶贫办偷偷搞的小动作。

我不知道骆河生支书指的是哪级扶贫办,但是可以肯定不是市扶贫办。

就是小动作也不会绕过支书兼村主任这一关，谁都知道申报贫困户要办手续，要层层审批，第一个公章就是村委会的公章。如果没有这个公章，扶贫办干部胆子再大也不敢审批。

骆河生支书说公章在文书程至裕手里，估计是他盖的章。

有点不可能，文书只有公章管理权，没有支书同意他是不敢擅自做主。这里面一定有原因，或许是有先例，或许是有支书授权，不然文书没有这个胆量。

印证了我的猜测，骆河生支书说这种事不需要村委会开会讨论，也不需要支书签字，文书有权决定，因为这是在做好事，不占村里指标，又不要村里出一分钱，多一个比少一个好，谁有板眼谁去争取，村委会不阻拦、不制止。

也就是说还鼓励。

这才是实话。

也是矛盾的根源，还是村干部失去威信、失去信任的本质所在。

工作队到村后，老百姓总在工作队面前讲村干部特别是主职干部的坏话，讲得最多的就是不主持公道、私心重。在之后共事过程中，我发现村干部办事还有分寸，也有公心，还讲原则，不像老百姓所说的那么严重。是什么让老百姓对村干部产生如此大的误解和隔阂？时间长了后我找到了原因，就在上面所说的小动作。

拿低保户评定来说，村组干部严格按照文件规定的18条标准进行遴选，选出的人也是一审二审再审，搞鬼的可能性为零，意见达到统一后上报。

然而批下来的结果比上报人数要多，多出的人就是上面塞进的人，就是关系户。还没有完，就像孵鸡崽一样，时不时出现一个，没完没了，跟贫困户评定如出一辙。特别一些完全不符合条件的人也吃上低保也评上贫困户，让人气愤。

坛口捂得住人口捂不住,知道的人越多,民愤越大,特别是那些边缘人(民政部门对靠近低保条件者的称谓)反应更加强烈,他们不知道内幕,不怪上级,只怪村干部。村干部扛不住就如实招供,甚至点名道姓说出是某某打的招呼,某某点名要办某某为低保。

不办不行,打招呼的都是得罪不起的人,村里的工作还需要这些人支持。

招供能平息一定民愤,但是不是人人都能理解,有人认为是村干部在找借口,甚至有人认为是村干部与搞鬼的人狼狈为奸,还有人认为是村干部故意隐瞒指标数量,留下几个做人情、照顾关系户。也有人举报,但是多数时候是石沉大海。

没有回音更加激怒了老百姓,更加对村干部有意见。

村干部没有意识到这个问题的严重性,反而问心无愧。

在这个问题上,其实村干部也是受害者,因为之前他们所坚持的原则被自己否定,一粒老鼠屎坏了一锅粥,村干部形象受损,出现信任危机,即使在某一件事情上做得很公平,丁是丁卯是卯,但是没有人领情,享受的人不感激你,觉得自己应该享受;没有享受到的人说你黑,甚至还会骂人抖狠,村干部难当。

面对这些找关系钻进贫困户队伍的人,工作队明知道条件不符,但是不能拒绝。工作队在地方党委政府领导下开展工作,年终总结评语还要地方来写,对地方做出的决定一是要服从,二是要执行,否则就是不合作的表现。有位队长就因为与地方关系不和,被级级上报,没少挨所在单位和指挥部领导的批评。

当然可以提意见,但是无凭无据不能瞎说。你说人家搞鬼,但是从档案资料上看,他程序合法,手续合法,过程合法,一级级盖章,一层层审批,走的都是正常、正规渠道,鬼从何来?

不能盲目下结论,不能打击一大片,要搞好团结,否则是两败俱伤。

怀疑归怀疑,但是不能当作不承认的理由。贫困户进出审批机制主体在地方政府,由村乡县三级审批,有严格的审批程序和严肃的纪律约束,权威性不容挑战。工作队只有帮扶权,没有知情权、审批权和建议权,贫困户自己不说,村干部不讲,工作队就不知道谁是贫困户谁不是贫困户,这就是现实,必须承认并遵守这个现实。

可是市扶贫指挥部偏偏不干,硬要工作队来鉴定识别贫困户。我进村的第一件事就是精准识别,花了九牛二虎之力,结果是自作多情。吃一堑长一智,我再不过问此事,专搞扶贫、脱贫工作,没有想到我一边扶贫,他一边扩贫,导致越扶越多。我刚到长银滩村时贫困户是 65 户,我出长银滩村时变成 82 户,短短一年四个月时间,贫困户增加了 17 户,增长率达到 26%。谁之过?

抑或说谁的功劳。

不知情者还以为扶贫工作队不是来扶贫,而是来制造贫困户,或者是来破坏扶贫工作,不然贫困户怎么会越来越多。

按照这个增长率,我这个扶贫工作队队长不是撤职的问题,而是该拉出去枪毙的问题。

南山县提出 2017 年全县脱贫,按照这个增长率恐怕是任重而道远。

也许我是杞人忧天,过去 2 袋米能让人脱贫,现在上了那么多产业扶贫项目,没有脱不了之理。

二

其实长银滩村还有一支工作队,那就是南山县委、县政府的扶贫工作队。

这支工作队由于不住村,不下组,不到贫困户家中去,不参与村集体组织的活动,很少来长银滩,所以不为人知,只有几名村干部知道。

这种"五不"工作队顾名思义就是挂名工作队。

按理讲,如今这个形势应该没有挂名工作队,可是却真实存在。南山县委、县政府对工作队的要求与市委、市政府对工作队要求一样,吃住在村,工作在村,与家中工作脱钩。然而,没有单位配合,没有人执行,也没有像市指挥部那样检查、抽查、暗访之类的动作,偶尔有一点也是应付差事,很容易蒙混过关。因为有村干部配合,每次他们都是有惊无险。

不是县委、县政府领导好糊弄,而是会装糊涂。要谈打假,县领导都是高手,他们都是从基层一级一级干上来,处事无数,阅人无数,像这类小动作、小把戏一看就知道,只是不说而已。

不过一点不说也不行,不说不能平"民愤",不说就要负领导失察责任,万般无奈之下、迫不得已才说上两句,不痛不痒,不轻不重,听不听由你,起不起到作用是另外一说。

至少我听到三次,都是在市工作队队长会议上所讲,说得很气愤、很严厉,也很严肃,说县工作队不是那个鬼事,住村看不到鬼毛……话相当难听,像是要动手术刀。开始我还以为要动真格,观望多日后依然是外甥打灯笼——照旧(舅),这才知道县领导是说给我们听的。

有一天骆河生支书带领一群人到工作队,说是县纪委来检查扶贫工作。我已经习惯了检查,自从住村后明察暗访来了不少,有单独组团而来的,有联合组团而来的,有纪委的,有指挥部的,有新闻媒体的,也有普通来访者,谁都可以检查工作队,不说是县纪委检查组,就是镇纪委来检查也得积极配合。

尽管我们的牌头不小,是市扶贫工作队;尽管我的级别也不低,比书记、镇长要高一级,但是市委、市政府对工作队明文指示,到村后必须接受乡镇党委的领导,也就是说我们是乡镇党委的下级,一切行动服从乡镇指挥。

我没有多问,将柜子里的资料全部搬出,坐在一旁听候调遣。

他们翻个遍,不时问这问那。

资料看完后还要填表,方式是一问一答,他问我答,我说他填。他们问我每个月住村几天,我说有时是 20 天,有时是 24 天,最多时住过 26 天,平均约是 22 天……

我不记得问了多少问题,反正问了半个多小时,内容涉及两大块:一块是贫困户情况,一块是工作队情况。好在我情况熟,记性好,基本做到了有问必答,并且答得很顺口、很流畅。临走时县纪委的同志表扬我,说我工作做得好,做得扎实。

正在我受宠若惊时,得知检查不是冲我们而来,而是来检查县工作队。

我有上当的感觉,说骆河生支书是以真乱假。

不过比以假乱真好听一点。

骆河生支书说这是没有办法的办法,县工作队到现在为止连个窝都没有,上那儿去检查。

我说你就讲实话就行了。

骆河生支书说县工作队可怜,担子不小,责任不轻,县委、县政府什么都不给,让他们两手空空来扶贫。怎么扶,拿什么扶?不像你们市工作队,每年财政还给 20 万元经费,有钱就好办事。

这就是搞假的理由?

但是不能拿别人的工作往自己脸上贴金。

骆河生支书说不是贴金,是帮他们过关。

等于是在做"好事"。

这一次过关下一次怎么办,不能老是这样靠撒谎过日子,总有拆穿的时候。

也许他们也意识到这个问题,撒谎不是长久之计,万全之策还是住进来。

过了一段时间,我在村委会遇见两个陌生人,他们跟我打招呼,我却不认识。问骆河生支书才知道,是县工作队的同志,住在村委会三楼。

住进来了?太阳从西边出了?我很是吃惊,还专程跑到三楼参观他们的宿舍:两间房子,四个床铺。室内空空,只有日常生活用品,没有办公用品。

我还以为他们从此就会住下来,没有想到十天半月就不见人影。

开始床铺还放在那里,我以为他们还会再来,谁知道个把月后床铺都不翼而飞。

不得不佩服他们胆大,竟然到了连作假都懒得做这种地步,说明他们没有敬畏之心,有点天不怕地不怕。

相比之下,市工作队就是个胆小鬼。

他们就不怕检查,就不怕暗访,就不怕撤职,就不怕处分,就不怕开除公职?

这些对他们而言就是危言耸听。

不过不是一点都不怕,也怕,偶尔来一下、关键时刻来一下就是最好的证明,就是怕的表现。

我佩服他们每次来得正是时候,也是恰到好处,是谁通风报信?

不用观察就知道,是村干部。村干部就是他们的内线,小事扛着,大事提前告之,他们只需演一场戏就够了。

其他不说,就拿市领导来长银滩视察这件事,平时看不到他们的身影,但是只要有市领导来长银滩,他们的身影总会在领导面前出现,没有一次遗漏。

领导不会天天来,检查不会天天有,躲过这几天就是万事大吉。

现在我不佩服他们胆大,佩服他们与村干部的关系。相形见绌,我就没有他们那么会搞关系,几十年没有休年休假,好不容易休个假却被人反映到市长那里，说我一个月不在村里。

不说原因，只说结果，市长一听火了，胆大，要严肃处理。

按照劳动法连续15天不上班要开除公职。的确严重。

我休的是个造孽假，人不在村心在村，每天都有接不完的电话、处理不完的事，甚至有人找到家中要求解决问题。

假期结束后，我当着四位村干部的面感慨，我说我长期住在村里，好不容易休一次假，却有人向领导反映我不住村；县工作队长期不在村，却有人打掩护说他们在村。"生活在同一个屋檐下的一家人，做人的差距咋就那么大呢？"我用赵本山和范伟小品里的话来自嘲。

村干部也会开玩笑，说长银滩离不开我。

现在这个社会高手如云，谁离不开谁。

我知道他们不是有意告我的状，正因为我长期住村他们才敢说我不在长银滩，如果是县工作队那就是一告一个准。

俗话说得好，好人说不坏，坏人说不好。

还说，身正不怕影子斜。

这期间我总在思忖，为何村干部"誓死"都要保护县工作队？

仅有同情还不够，关键是有"好处费"。县工作队每年可以什么事都不做，但是必须要做一件事，那就是给村委会一笔钱，少则3万元，多则5万元，这笔钱由村委会自行掌控，村干部自然高兴。不像市工作队，一年拿出一二百万元，村干部却没有份，钱都用在扶贫项目上，用在贫困户身上，村干部没有得到一分，凭什么为你说话。

所以县工作队来长银滩还有酒喝，我们就只能自行解决。

骆河生支书曾当面埋怨我，村里用钱一分都不给，老百姓用钱大把大把地送。

也就是说我不够意思。

我批评骆河生支书不讲实话，工作队最大的一笔钱用在村里，仅村光伏发电站一笔就是 16.8 万元，工作队一次性结清。

我知道骆河生支书所说的用钱不是指这方面用钱，而是指像县工作队那样的钱，只不过不好说、不敢明说。

我只能装糊涂，因为市工作队的钱都是有用途，都要用在项目上，不能给村干部发福利、发补贴。尽管我同情村干部工作量大、工资低，但是同情归同情，纪律红线不敢碰。

像长银滩村这样"保护"县工作队的行为在社会上不是孤立存在，其他村也是一样。

南山县境内每个村几乎都有工作队，除省市 13 支工作队外，其余工作队都是由县直行政机关抽调干部组成。由于僧多粥少，有的县直单位要联系几个村，像县人社局局长胡虎冰就挂三个村的第一书记，在这种情况下，怎么可能要求他每天住在一个村。

住村对于那些小单位而言是个额外负担，人少事多势必只能挂名。

也许正是这个事实，所以县领导至今不敢说狠话，也不敢动真格。

听县工作队同志讲，他们之所以不好好住村，不是没有廉耻观，不是不想好好做人，不是不想学市工作队，而是县情不允许，根本无法学到。拿市工作队每年 20 万元经费这一项来说，南山县就学不到。市直行政单位与县直行政单位个数差不多，人数也差不多，而组建的工作队个数却大相径庭。市直是保重点，只派出 35 支工作队、130 多名队员，所以能实打实地住下来。而南山县是遍地开花，每个村都派有工作队，每支工作队 3 名左右队员，一下子就要拿出 600 多人住村，哪来这么多干部？只能上有政策下有对策，只能是搞假，只能是阳奉阴违或者敷衍了事，结果是人很累戏还没唱好。

话有几分道理，但是我认为不是搞假、阳奉阴违、敷衍了事的理由。既来之则安之，来了就得办几件实事，办几件贫困户称道的事，而不是给村委会几个小钱就了事。

三

住村挂名其实不是新鲜事,过去都是这样在做,中央八项规定之后坚决杜绝。

我住了几次队,唯有这次是动真格,并且很认真,不放过每一个细节。譬如说,现时手机是最好的通信工具,可是扶贫指挥部却偏偏要求每个工作队必须安装固定电话,并且将之列入考核内容之中。

我的两个队员也提出一个必须,就是必须安装有线电视,这样有电视看就不觉得空虚。

我也有一个必须,就是必须要有网络。

三个必须注定了要跟通信部门打交道。

农村没有选择,有线通信这一块只有中国电信一家运行服务商。

由于工作队住地离慈口乡政府近一些,骆河生支书打电话慈口乡电信所,请求他们派员安装。

电话打出十分钟后,业务员小朱骑着摩托车到达长银滩。

小朱长得很精神,身高在 1 米 8 左右,年龄 30 岁的样子,走路带风。

他做了自称介绍,并报了价格。

我不担心价格,国有控股公司不敢乱收费,我只关心服务质量,最怕断线、掉线、上网速度慢、卡机等现象。

他让我放心,说中国电信是世界 500 强,服务质量一流,客户满意至上。

那好,施工。

他开始忙碌,却没有帮手,一个人梯上梯下很不安全。

我怕他出事,安排人扶梯。

他似乎习惯了空中操作,没有胆怯,手脚麻利,像是个经验丰富的

188

大师傅。

大约忙了个把小时,电缆拉进家。

电脑、电视机已准备就绪,电话机是他带来。

开始连接、调试、设密码,又忙了个把小时,大功告成。

第一个电话当然是打给市扶贫指挥部办公室,告诉他们工作队名称、地址、电话号码,然后打开电脑安装微信、QQ软件。

一会工夫,两个聊天平台安装完毕。

与此同时,隔壁老黄、老雷房间传出电视机声音。

有了网络的感觉就是不一样,朋友群、同事群、办公群顿时出现没完没了的信息,刚才还感觉离家、离单位很远,现在就没有这个概念,仿佛亲朋好友、领导同事就在身边,就像王菲歌中唱的"我一直在你身边从未走远"。

我握着小朱的手,谢谢他的辛勤劳动。

他掏出已写好的发票,要钱。

没有钱只有签字,还得去大场镇财政所跑一趟才能拿到钱。

他有点不情不愿,但是没有办法,只得接受事实。

不出两天,唯一的邻居陈敬珀找到我,说工作队电话接到他家电话线上,来了许多陌生电话,都是找工作队的。还有他女儿打来电话,总是工作队的人在接。正说着,指挥部办公室小张打来手机,说工作队的固定电话号码不对,是不是搞错了号码。

听他口气是怀疑我们作假。

我问他在不在电话机旁,他说在。我让他不要挂断手机,我用固定电话打他办公室的座机。

他说行。

电话通了,号码是对的。

对的就行,证明我没有作假。

放下电话后,我马上打电话小朱,说出缘由,请他来工作队查一查原因。

他说马上来。

然而到下午才出现。

他查了一通,说线路没有问题。

也不是机子问题,是机房电脑程序有误。

没几天,老雷反映,说电视信号不强,经常卡机。开始他们以为是电视机没有调好,叫来经销商调试,好了一点,但是还是卡机,特别是晚上卡得厉害,这才怀疑是信号问题。

我又打电话小朱,问是怎么回事,最好是来一趟。

他说不用来,来了没有用,电脑、电话、电视共一根线容量不够,所以就卡机。

我问有没有办法解决。他说有,光纤入户。

那么就换上光纤材料。

他说现在不行,要等线路改造扩容后才能实现。

没有办法,我只好晚上不上网,为的是腾出流量空间让他俩看电视。

不行,还是卡机。

那就只能等。

信号不强还只是影响看电视,最怕的是没有信号影响工作。现在是网络时代,指挥部的文件、会议通知,工作队的工作进程、小结总结,都是通过网上传送,没有网就好像与组织失去了联系。

当然还有手机,但是手机的功能远不及电脑,电脑加互联网才是万能的。

偏偏经常没有信号。乡下停电多,只要是停电,来电后就没有信号。打雷也是一样,过后不能上网、看电视。

没有信号就要找小朱,次数多了小朱也烦。

小朱教了我一个万能的办法,没有信号后重新启动路由器,再不行就说明是后台的问题,他处理好后再通知我重新启动路由器。

这个办法管用,但是不是万能,有时还得劳驾他亲自出面。

他的应急处置能力越来越慢,有时还莫衷一是。

如果没有急事,我一般不催他,慢一点就慢一点,无所谓。但是也有急件不能等,譬如指挥部要的材料或者是急需贯彻的文件,要在第一时间内收发,不能等,只得一而再,再而三地催他上门服务。

你急他不急,越催越慢,慢得让你没有脾气他才出现。

我没有想到他会变成这个样子,过去我对他客气是尊重他劳动,没有想到他视你的客气为巴结他、讨好他、怕他,于是不把你当数,不把你当客户,服务非常随意,想怎么样就怎么样。

这种人没有吃过亏,所以不知道五阴六阳。

有一次我忍无可忍了,发了他一通脾气,谁知道他脾气比你更大,发完后还挑战你,叫我去投诉他,并且告诉了投诉电话10000。

狂妄到了极点。

难道没有人把他有办法?我拨通了他留下的投诉电话,决定让他的上级来收拾他。

谁知那个投诉电话是智能操作,搞了半天也没有出现人工服务,于是放弃。

我的放弃反而纵容了小朱,他认为我把他没有办法,市委工作队也就是这么回事,于是他的胆子越练越大,大到公然藐视消费者权益、不把消费者放在眼里的地步。

我在他眼里完全是败军之将,没有一点市工作队队长的威严,他想理就理你,心情好时多理你两句,心情坏时懒得理你。我不知道他对待其他客户是什么态度,但是可以想象得到,市工作队都不放在眼里,普通老百姓肯定更是飞扬跋扈。

这一次我报修了三天等不到他的身影，到了第四天我不再沉默。对不起小伙子，是你逼着我投诉你。

不打 10000，山高皇帝远对他起不到作用，县官不如现管，打电话市电信公司监察室，让他们来收拾你。

这一次我铁定心要让他吃一点亏，多长一点记性，不然他不知道顾客就是上帝。如果市公司不好好处理此事，我会投诉到省公司，总之不会像上次那样轻易放弃。

轻易放弃等于是害了他。

电话通了后，我说出缘由。

监察室陈主任听完后向我道歉，并问我有什么要求。

我只想灭一灭小朱的嚣张气焰，不想处分他，更不想端他的饭碗，毕竟他还年轻，后面的路还长。我说限他半小时内赶到长银滩。

陈主任说行，从现在开始计时，保证半小时以内赶到。

刚好半个小时，人到了。不只小朱一个人，随行的还有慈口电信所袁所长。

小朱不再是一副傲慢的样子，完全是霜打了茄子——焉了。见到我就像做了错事的小学生，低着头，避开我的目光，从我侧边走过，一声不响地去忙他的活。

看来他还有药可救，还有敬畏之心，还知道什么叫怕。

看他现在的样子，有些可怜。

袁所长握着我的手，连声说对不起。

稍后他留下电话号码，说有事找他，他会在第一时间内解决。

这才是窗口服务行业的态度。

问题检查出来了，是线路断了，不在进出口接头位置，也就是说在中间任何一个地方，排查难度非常大。为了不耽误时间，采取最快捷的办法：重新拉线，不过工程量有点大。

好在这次有两个人，一个梯上一个梯下，干起来也顺手。

很快就有了信号。

袁所长先走了，剩下小朱一个人收拾工具。

这时我的电话响了，是市电信公司监察室陈主任的电话，问修好了没有。

小朱紧张起来，生怕我又说他坏话。

我坏话好话都没说，只如实反映。

看得出小朱很感激，因为他刚才的表现还不错，说实话就是对他的肯定。

他嗫嚅着说对不起。

这句话出自他口不容易。

既然认错我就原谅他。我说你身处窗口服务行业，首先要端正服务态度，不说把顾客当上帝也要当成亲戚，顾客花钱买服务而不是花钱买气受，想任性就不要吃这碗饭，吃这碗饭就得对这碗饭负责。顾客找你不是找你麻烦，不是与你过意不去，也不是因为你长得很帅想见你，而是想把手头遇到的问题尽快解决。而你爱理不理、讨理不理、想理就理就犯了服务业大忌，等待的结果就是投诉，就是批评，就是处分。希望你吸取这次教训，千万不要以为顾客好欺、好糊弄、好应付，多设身处地想一想，就不会发生不愉快的事。希望我们今后合作愉快。

值此之后，再也没有发生不理不睬这种事，小朱是逢请必到，反应快速。

四

贫困户的鸡、猪、鱼、鸭、鹅、豚一天天长大，食量也在一天天增加，到了该变现的时候。

193

可是卖不出去。

严格地讲不是卖不出去,而是价格不理想,特别是鸡的价格悬殊太大,市场价只有理想价的一半。

不划算就不卖,就找工作队想办法;是工作队让养的,不找工作队找谁。

这个想法与市委副书记、市扶贫指挥部常务副指挥长吴朝晖观点一致。吴朝晖在慈口扶贫工作座谈会上说,工作队上半年要当好联络员,下半年要当好推销员,把贫困户手中的农产品销售出去。

责任在肩,不能不动。

回温泉后我没有休息,而是跑农贸市场搞推销。

一圈下地,正如贫困户所反映的那样,市场只认品种不认品质,鸡就是鸡,不认散养的还是圈养的;猪肉也一样,猪肉就是猪肉,不认乡猪肉还是吃饲料长大的猪肉,一视同仁,一个价。

也有按品质销售的摊户,但是无人问津。原因除了价格高外,关键是不正宗,消费者怕上当,加之大客户都是餐馆、酒店、饭店老板以及单位食堂承包人,他们只认价格不问质量,什么便宜买什么,反正不是他本人和他家人吃,管你土鸡洋鸡,能赚钱就是好鸡。

家庭主妇青睐土鸡、乡猪肉,可是交易量不大,都是小打小闹。

农贸市场这条路走不通,换一种方式,找电商。

我手头有一份都宁市最大的几家电商资料,按图索骥,上门洽谈。

如出一辙,也是只认品种不认品质,价格比农贸市场还低。不过吞吐量大,一笔单可以把长银滩村所有鸡销完。

没有好价钱,打死贫困户都不会卖。

外销渠道堵死,只得向内挖潜。

这个"内"就是三家帮扶单位。

正好中秋节来临,谁不过节?我摸了一下底,三家帮扶单位有200

多名职工,如果每人购买一只鸡就是 200 多只,如果再购一只孝敬父母就是 400 多只……形势喜人,机会难得。

马上动员。

文件起草一半打住,如果职工不响应怎么办? 现在是市场经济,又不能强买强卖,更不能用大帽子压迫职工购买。

集体购买?

老雷说更不行,目前这种政治生态条件下,谁敢与中央八项规定对着干。

我当然知道要与中央保持一致,现在的问题不是没有政策,而是有政策单位领导不敢执行,也就是所谓的不敢担当。

老雷、老黄顿时来劲,问哪来的政策。

我说全国总工会出台了文件,每年每个职工可以享受 1450 元慰问物资和活动经费。

他们没有听说,只听说某某单位过年发钱发物资领导受了处分,所发的物资和钱都退了。还知道所在单位几年没有发福利,过年过节与平常日子一样,两手空空回家。

正是由于受处分的人多,所以没有人敢碰这根红线。全总文件下发后也怕,怕全总文件没有权威性,纪委不买账。还有些单位是账上没有钱,正好跛子拜年就地一歪。

现在我关心的是单位领导敢不敢发的问题。

老雷、老黄说有政策就敢发,不发就"造反"。

他俩的话坚定了我的信心,那么就走单位团购这条路。

马上撰写文件,题目就叫:关于中秋节期间为贫困户推销农产品、为职工发放慰问品的通知。

由于情况和政策都熟,所以下笔如有神,很快就写好。

接下来思考的是,以什么形式发给三家单位。最好是以指挥部办公室的名义下发,这样有权威性。但是指挥部办公室一是没有想到这方面来,二是做不了这个主,三是要层层请示,恐怕时间来不及。退一步,让挂点市领导在这份文件上签字下发,也有权威性。过去这样做过,这次行不通,因为领导外出考察,估计在中秋节前后才能回家。

时间不等人,我决定什么人都不找,就以工作队名义发文。

不好发,不知是发上行文还是发下行文。工作队是市委、市政府工作队,代表的是市政府,按照这个推理,应该发下行文。但是,工作队队员是三家单位派出的工作人员,工作虽然与所在单位脱钩,但是行政关系仍然在本单位,按照这个推论,应该发上行文。

如果发上行文,等于是矮化了市委、市政府。如果发下行文,等于是凌驾在本单位之上,就是这么矛盾。我在行政机关搞了三十多年,可以说是公文高手,这一次却把我难住。

想去想来还是觉得发建议函合适,因为这个无关级别,每个公民都有建议权,采不采纳是你的事。

文体定下后就好办,将语气稍着修改即可。建议函全文如下:

关于中秋节期间为贫困户推销农产品、为职工发放慰问品的函

三家帮扶单位:

中秋临近,鸡壮鱼肥。由市驻长银滩村工作队扶持贫困户的养鸡(鸭、豚)、养猪、养鱼项目到了收获季节,为帮助贫困户尽快将手中农副产品变现,同时为体现帮扶单位对职工人文关怀,根据吴朝晖副书记在慈口扶贫工作座谈会上的意见,市驻长银滩村工作队建议在中秋佳节期间,各单位为职工送上一份绿色、天然、无污染的慰问品。

一、开支渠道:在工会经费中开支。根据《中华全国总工会关于加强基层工会经费收支管理的通知(总工办发【2014】23号)》精神,基层工

会组织逢年过节(过年、端午节、中秋节)可向全体会员发放少量节日慰问品,全年每人总额不超过1000元,不能发放现金和购物卡。

二、开支标准:300元以内。

三、慰问品种类及价格:猪肉每斤13元;鸡每只100元;豚每只100元;鸭每只60元;胖头鱼一条50元(8斤左右)。

四、时间要求:9月1日之前报摸底数字。9月10日左右组织货源,节日前发放到位。

五、联系人:雷建,电话139××××18。

市驻长银滩村扶贫工作队

2016年8月24日

确认无误后通过QQ群发到三家帮扶单位办公室,请他们转送给分管领导。

市残联反应最为迅速,第二天就有回音:每人一份,一共26份,具体物资正在征求职工意见。

其他两个单位没有动静。

现在我最关心的是我自己所在单位市人社局的反应,因为我们是队长单位,市人社局不响应我就没有底气做市审计局的工作。

到了第三天,我不再等,主动出击。电话打给市人社局一把手,问他是什么态度。一把手说这个事是我在分管,由我作决定。等于是支持。我再打电话给审计局分管机关的李副局长,问他收到函没有。他说收到,正在征求意见,具体订单明天发给我们。

等于三家单位都支持。

我没有想到出师这么顺利。

第四天收到所有订单。接下来组织货源。

尽管货源充足,之前我们也考察过,但是为了确保新鲜、防止以次充好,工作队还是到场监督装货,并随运货车到温泉。

中秋节之前,所有慰问品发放到位。具体情况如下:

市人社局,166只豚,173条鱼(8斤左右),15只鸡,共计金额26750元。

市残联,30只豚,26条鱼,330斤猪肉,共计金额9950元。

市审计局,123只豚,123只鸡,共计金额24600元。

三家合计61300元。

这是中央八项规定下发以来职工群众领到的第一份节日礼物,虽然数量不多,但是比起昔日发钱有意义,比起近三年空手过节有人情味,还为扶贫工作做出了贡献,一举多得,人人称道。

有了第一次就不愁第二次,以后只要是节日,三家帮扶单位就想到发放慰问品,就想到扶贫联系点长银滩村采购物资。

我没有想到,一个小小的举动,解决了长银滩村贫困户大问题。我核算了一下,一年三个传统节日,春节是大节多100元,端午、中秋是300元,这样加起来是1000元。三家帮扶单位职工人数在230人左右,一年可为长银滩村贫困户销售农产品23万元左右,基本解决了贫困户销售难问题。

除了三个节日集体团购外,平时职工个人也有需求,每到星期四就有人跟我联系,要我星期五回温泉时带几只鸡或几只豚、几只鸭之类的农产品回来,我是有求必应。时间长了、次数多了,信誉度也提高了,不再怕不新鲜,希望去毛、破肚杀好带回。

要求不高,贫困户也乐意。

不过鸡蛋和猪肉是紧俏物资,不是每天都有,运气好时才能买回一些。说明养鸡养猪还有潜力,说明工作队当初的思路是正确的,还打破了某些人对鸡肉、猪肉做出的滞销预言。

我还是那句话:天然、绿色、无污染的农产品,不愁没有销路。

第十章　市长督阵

一

　　颜飒爽副市长第五次来长银滩时，媒体已公示她即将担任中共都宁市委常委,也就是说她不再担任副市长,不再联系长银滩村。

　　公示期结束后,她被任命为市委常委、统战部长。

　　由于市政府即将换届,她空出的副市长位置暂时无人接任,这样她除了负责统战工作外,还要管过去副市长一摊事,也就是说长银滩村仍然是她的联系点。

　　不过这时她有两个联系点,即长银滩村和前任部长留下的联系点——南城县马港镇金山村。

　　有了新点不忘老点。她到金山村联系点视察后,要求市委统战部副调研员、市驻金山村扶贫工作队队长舒上访带领全体队员到长银滩村学习取经。

　　就在舒上访一行到长银滩村交流互动时,市政府洪中华副秘书长打来电话,说颜飒爽部长要来长银滩村视察。

　　我知道这次视察可能是她在长银滩村最后一次视察,所以在安排路线上体现总结回顾的意思。

怎奈工作太忙，分身无术，没有成行。

两个月后，敬阳县委书记雷剑锋同志升任副市长，接替她空出的位置。

雷剑锋副市长是黄冈人，与颜飒爽副市长同岁。四年前他到敬阳县任职。他全面接管颜飒爽副市长分管的工作，同时也接管长银滩村扶贫联系点。

过去我与雷剑锋副市长打过交道，四年前他任敬阳县委书记时率领县委、县政府一班人到市人社局拜访过王成局长，当时我任办公室主任，接待过他。之后我陪同省厅领导到敬阳调研，与他见过几次面。不过我可以肯定，再次见面时我认识他，他不会认识我。

我的猜测没有错，再次见面时他盯了我半天不知道我姓甚名谁，我作了自我介绍后他也没有想出来。不能怪他忘性大，县委书记是一方诸侯，每天接触的人多，除了几个关键人物不会忘记外，像我这样级别的干部在他脑子中多得相互混淆。

我是在报纸上看到他的任命通知，打电话秘书四科问舒科长，新市长何时来长银滩。舒科长说新市长还没有来市政府报到，何时来他也不清楚，不过报到后肯定要来长银滩，要我做好汇报准备，一旦要来长银滩他会提前通知我。

等了半个月没有动静，正在我以为他这个月不会来时，突然接到市政府洪中华副秘书长的电话，说雷剑锋副市长正在去长银滩的路上。

路上？

此时我还在温泉。之所以没有在村，是因为我要搬办公室。我局县级干部的办公用房因超面积进行改造，断断续续改造了几次，这次才达标。其他县级干部已搬进改造好的新房办公，由于我在住村，只能安排在星期一进行。原计划上午搬家下午到村，没有想到雷剑锋副市长迟不来早不来,偏偏这天中午来。

我接到电话时是中午一点半钟,原定计划下午 3 点钟也就是上班时间出发,不得不通知司机提前发车。

一路上我与洪秘书长通了几次电话,问市长到了没有。这时骆河生支书打来电话,说雷剑锋副市长马上就到。我只得催促师傅加大油门,加快速度。

雷剑锋副市长早我十分钟到达长银滩。

由于来得突然,来不及通知县领导,所以只有几名镇干部陪同。

下车后,我看到雷剑锋副市长满脸不高兴。

除了我迟到的原因外,他刚批评了人。他要看贫困户档案,骆河生支书说村委会没有,档案资料在工作队那里。雷剑锋副市长说工作队是工作队的,村委会居然没有贫困户资料,那还做什么扶贫工作。

他把骆河生支书训了一通。

骆河生支书请他上楼顶看光伏发电站。也许他还在气头上,不去,而是出村委会到湖边公路看公示牌。

此时的公示牌成了扶贫政策宣传栏。他粗略地看了一眼,问了几句便不再感兴趣。

我请他到工作队住所看看。

他问有多远,我说前面转弯即到。

他说慢慢走去。

我以为他要欣赏长银滩的湖光山色,谁知道他在思考问题发现问题。他指着一栋快要竣工的新房,问办证了没有,怎么盖到湖里去,围墙不该围到公路边,拆了,不拆就炸掉。

炸?吓得镇村干部都不敢吱声。这个字出自他之口有点让人意外,现在的干部不再是过去的工农干部,基本不讲这样的狠话,越是高官讲话越文雅越策略。

他将目光收回,指着路边房子说,这些房子破破烂烂,没有一点规划。还有,村委会、村小学做到民房里去,哪像是村委会、村小学。人家丁市长的联系点搞得多好,拆,重新规划,公路两边种花种草种树。

丁市长联系点在敬阳,他是敬阳县委书记,每个月都去一次,所以熟悉。

公路两边种花种草种树的确是好,但是长银滩公路两边与众不同,一边是湖,一边是山,偶尔出现一小块空地,是老百姓花了代价盘出的菜园。这些小块菜园都是用黄土填埋而成,下面都是石头。黄土也是从外地运来,所以成本高。

他要洪秘书长与孙先淼联系,让他派人来重新规划。

洪秘书长说规划局已经从建委中独立出来,现在规划局长是李光。

那就跟李光联系。

我说沿湖三个组没有土地,村民房屋、菜地都是见缝插针,所以没有看相。

他说哪个领导的联系点不是搞得漂漂亮亮、干干净净、清清爽爽,你到丁市长的联系点去看看,看人家是怎么规划、怎么搞的,哪像你们这里,破破烂烂,给人第一印象就是既脏又破又乱。

他接着说,一个村庄就像一个女人,搞得干干净净人家才会多看一眼,否则没有人愿意看。

他对骆河生支书说,该拆的要拆,该做的要做,路水电管网都要进行改造。

骆河生支书说没有钱。

他很生气,说有钱傻子都会办事。钱不是那么好要,不要开口闭口就谈钱,要先动手,再伸手,才能不空手。

骆河生支书笑着点头。

他要骆河生支书把心思用在村集体上,要瘦掉一身肉,瘦到 90 斤,这才说明做了事。

骆河生支书看着他腆出的大肚子，想跟他开玩笑。由于是初次见面，有些不敢。

不知不觉来到工作队驻地。他先看了一下厨房、厕所，再到过道兼饭厅看墙上政策宣传栏。

我指着墙上"长银滩村精准扶贫作战图"给他讲解。

我相信这张图对他有吸引力，因为足不出户可以看到长银滩村全貌。

他产生了兴趣，问了一些情况，说这张图不失真，问是谁拍的。

我说是从谷歌地图上下载的。

他说清晰，还以为是专门请人航拍的。

一楼看完后我请他上楼，楼上是工作队办公、休息场地，里面有他感兴趣的贫困户档案。

他说时间不早了，还有其他事，要走。

要走？我没有想到这么快就结束行程。

原来他不是专程来长银滩视察，而是临时动议做出的决定。此行的真实意图是接人，接省林业厅厅长刘新池一行。刘厅长要来南山视察，作为分管林业的副市长、并且是刚上任的副市长，他不能不陪同，于是提前到大场镇高速出口处迎接。也许是来得太早，也许是厅长的车在武汉市区堵车，还有一个多小时空余时间，市政府洪中华副秘书长建议他去长银滩村扶贫联系点看看。得知联系点离高速出口处只有 20 分钟车程，于是采纳建议。

临上车前，他叮嘱我一定要搞好村庄整体规划修订工作。

二

他走后，骆河生支书说好，长银滩村要迎来新一轮发展机遇。

消息传出后,老百姓也高兴,特别是那些不是贫困户、正准备筹建新房的家庭尤其高兴,说要等雷剑锋副市长和工作队为他们建新房。

"拆"和"建"一下子成了长银滩村热门话题,甚至有人认为工作队的重点会发生转移,会由过去扶贫转到大拆大建上。也有人跑来问我几时拆房子,他好通知在外打工的人回家。山上三个组的村民怕"阳光"照不到他们,也找到我,说要建都建,要规划都规划,不能只关心山下三个组。

我说没有这个事,只是对村庄重新规划,不会大拆大建。

他们不相信,说雷剑锋副市长都讲了,难道你工作队还敢与雷剑锋副市长对着干。

不敢。长银滩村是雷剑锋副市长的联系点,我是扶贫工作队队长,他的话我得听,工作队的职责我也得履行。

当下要做好两件事:一是做好村庄整体规划,二是赴丁市长联系点参观学习。

由于老雷生病住院,我与老黄进行了分工,由他联系参观学习事宜,我联系市规划局。

市规划局李光局长到任不久,对雷剑锋副市长联系点不敢马虎,不谈收费只谈服务,马上安排市规划设计院王工到长银滩。

我带着王工全村跑了一圈,然后把雷剑锋副市长的意图给他交了个底。

王工说尽量少拆,因为拆不起,没有2000万元拿不下地,还会引发社会矛盾。他建议"穿衣戴帽",即对沿湖沿路边的房屋进行简单改造,统一格调、式样、颜色,给人以整齐划一的感觉就行了。

就是这样简单弄一下,他说也得花百把万左右。他问我选择哪种方案。

当然是越少越好。2000万相当于南山县八十年代全县全年财政收入,拿这么多钱来打造一个村庄肯定不现实,即使是第二个方案也有难度。

我说先不定哪个方案,我们先一起去参观一把手市长联系点,看看他们的做法再定。

他说行。不过,还得先请测绘院来测量地形,拿出准确数据,在此基础上他们设计院才能进行设计。

我还以为他们一家就能解决,没有想到要测绘数据。

再次找到规划局李局长,请求他好事做到底。李光局长毫不含糊,马上打电话给测绘院院长,指示他们组队到雷剑锋副市长联系点去。

第二天,市测绘院郑院长带领几名年轻人进驻长银滩村。

我在外开会,骆河生支书接待了他们;吃住安排在村委会。

我开了两天会回村。山上三个组测绘任务已完成,接下来是沿湖三个组。

当晚我去村委会看望他们。几个年轻人正在玩牌,郑院长已回温泉。

由于玩得正酣,没有人注意到我,我也不想坏了他们的雅兴,于是知趣地退场。

第二天早上我决定再次去看望他们,顺便听一听他们的意见和建议。

到了村委会,没有人影。我问做饭的大姐,她说昨天吃了晚饭后就走了。

走了,回温泉?

应该不会,因为任务还没有完成,是不是趁着早晨天凉正在测量。

然而从村头找到村尾不见他们的人影。

上哪儿去了?

难道又上山了。我叫来常务副主任程礼荣,让他上山找人。

他骑着摩托车沿山上循环公路转一圈,没有发现人。他说,估计到慈口去了。

到慈口干什么?

程礼荣猜测,估计是天热睡不着,慈口有旅馆,到那里开房睡觉去了。

如果真是这样情有可原。

然而整个上午不见人影,那就有点问题。

我怕他们出事,打电话问郑院长。电话不通,打电话问李光局长,他说问问。

下午他们出现了,有个小伙子到工作队向我解释上午没有开工的原因。我说没事就好,但是测量进度得抓紧推进,因为设计院还等着要数据。稍后我问他有没有好的建议,他说他们只会测量,村庄建设、村庄规划是门外汉。他还向我保证,一定按时保质保量完成任务。

说到做到,争分夺秒。他们当天干到 20 点才收场,等于把上午的损失夺了回来。看得出这是一群玩起来不要命、干起来也是不要命的小伙子,这种性格我喜欢。

第二天也是如此。

第三天完成任务打道回府。

我总觉得欠他们什么,这是一群可爱的孩子,后悔不该告他们的状。解铃还须系铃人,我决定挽回他们的损失,再次给规划局李光局长打电话,请求表扬这支团队。

仅说还不行,还得留下文字依据。我以工作队名义发了一条表扬短信给李光局长,请求他在全局职工大会上宣读。

李光局长很快回了短信,说已经转发给测绘院院长,并感谢我对他们工作的肯定。

三

测绘数据出来后,我约上市规划设计院王工,请他跟我们一起赴敬阳县考察丁市长和雷剑锋副市长(担任县委书记时)扶贫联系点。

王工爽快答应。他从温泉出发,我和老黄、骆河生支书、常务副主任程礼荣从长银滩村出发,在杭端高速路口镇出口处会合。

之前老黄已与敬阳方面进行了联系,先到雷剑锋副市长任县委书记时的扶贫联系点白霓镇大市村取经。

大市村离杭端高速只有半个小时车程。

大市村程书记在村委会门口迎接。

要不是程书记自我介绍,我想象不到她是村支书,因为她还是个孩子,我还以为她是大学生村干部。

交谈中我了解到,她是土生土长的本地人,90后出生。去年大学毕业,已在上海找到工作,原计划回家转组织关系,却遇上村两委换届。镇党委正愁没有村支书合适人选,她的出现无疑是一道亮丽的风景线,就选她。有人怀疑她的能力和水平,怕她不能胜任。老百姓不怀疑,只要不贪就好。这个想法与镇党委一致,老百姓不怕你能,就怕你贪,她一个黄毛丫头,还不知道什么叫贪,就选她。

几乎是全票当选,她不得不放弃大上海生活,回家当村干部。

我问她后不后悔,她说还不知道,每天忙上忙下没有时间考虑这个问题。

这时白霓镇庞书记赶到。这是他在敬阳最后一班岗,明天他就赴市农业局担任纪检组长,属于提拔重用。

程支书正准备介绍情况,敬阳县分管农业的王常委和县政府石副县长赶到。我没有想到竟然惊动了敬阳县这么多大人物。我当然明白,他们不是冲我而来,而是冲着雷剑锋副市长而来,说明雷剑锋副市长在敬阳当书记时很有威望。

王常委得知我是市人社局领导,马上打电话敬阳县人社局局长石浪,让他赶过来陪同。

我说明来意后,石副县长说既然来了就多看几家,比大市搞得好的还有四五个村,都在周边,请庞书记带着一起看看。

石副县长是庞书记的上任,所以情况清楚。

庞书记说正有这个想法。

此时王常委接到一个电话,他对我说要和石副县长去参加一个会议,就不陪我们了。

我感谢两位县领导看望。

程支书和庞书记先后介绍了大市村村庄规划、产业扶贫、村级集体经济发展等情况,并回答了我们关心的问题。稍后参观。

一共看了五个村茶叶基地、蔬菜基地、村委会、葡萄园、易地搬迁安置点,中午就在附近农庄用餐。

中餐前,敬阳县人社局两位副局长赶到。正好他们要回县城,就由他们带路,下午我们赴丁市长扶贫联系点铜钟乡大岭村考察、学习。

进入铜钟乡领地,道路两旁开满了鲜花。这才明白雷剑锋副市长为什么要求长银滩村道路两旁也种花,原来是有先例。

到达大岭村时正值午休时间。不过大岭村支书吴宏军在村委会门口等候。

他请我们上村委会二楼会议室,说方勇队长马上就到。

话还没有说完,方勇队长带领全体工作队员进门。

我与方勇队长熟悉,他当过一把手市长秘书,现在是市政府督查室主任、市驻敬阳县扶贫工作团团长兼大岭村工作队队长。

他把他的队员一一做了介绍,我也介绍了随行人员。

方勇队长征求我的意见,是先看后介绍,还是先介绍后看。我说都行,不过此时太阳正毒,还是先听介绍。

他说行,请吴支书介绍。

吴支书30岁出头的样子,长得很精干。他开始介绍,没有稿子,娓娓道来。

讲了大约半个小时。

刚讲完,铜钟乡童书记、胡乡长赶到。大家握手介绍后,我请两位乡领导传经送宝。

他俩把方勇队长及工作队表扬一番,然后邀请我们晚上到乡政府食堂用餐。

方勇队长说行。

那就这样定了。

他们还有事不陪了。

童书记、胡乡长走后,会议接着进行。

方勇队长和其他队员做了补充。

我问随行人员有没有不清楚的问题要问的,他们都说没有。

我有,一共是五个具体问题。

方勇队长和吴支书一一作答。稍后参观。

出村委会就能看到两排新盖的小洋楼,方勇队长说是易地搬迁户安置房。我说这么漂亮,南山还没有启动这项工作。

上到山腰,眼前是大片楠竹,左边是野樱花树,右边和山上是茶园。方勇队长说工作队鼓励贫困户发展产业项目,种楠竹每亩补贴800元,种植茶叶每亩补贴1000元,养猪每头补贴600元,养牛每头补贴2000元,其他项目如种菜、食用菌、药材等都有补贴。我说这个做法跟我们相像,有点差别。

下山后来到一处废弃的村庄,里面大约有30套老房,大多是晚清和民国时期建造,典型的徽派建筑。更奇的是,整个村庄被一条小河包围,只有一座石桥通往。方勇队长说,这座村庄整体打包租赁给三特公司兴建乡村旅游精品酒店,每年租赁价格在 20 万元左右。

又到了村委会,其他同志累了在村委会休息,我和方勇队长继续往前参观。

沿途不时有老百姓与方勇队长打招呼,看得出这里比长银滩有人气。我问方勇队长有多少人在外打工。

方勇队长说大多数人在家务农,早几年外出打工的人不多。这里田地多、山林多、楠竹多,没有钱用时砍几根楠竹也能卖上百把块钱,加之工作队来了以后鼓励他们发展产业,在家也能赚到钱。

说着来到文化广场。方勇队长说,这里过去是河滩,也是垃圾场。村民将垃圾倒在这个地方,等待下大雨。由于上游是大山,河水猛涨,流速很快,把垃圾卷走,既方便又省力。但是冬天雨少水小,垃圾越堆越多,越堆面积越大,几乎到了家门口,附近住户意见很大。工作队来了后就地取材,对河床、两岸进行治理,种上花草、树木,建上石桥、石凳,购置体育健身器材,建起了一个可以容纳全村人开展文化娱乐的文化广场。

我说这个文化广场很大气,看不出是村一级广场的样子。我问是谁的作品。

方勇队长说是市园林局设计建造,连花草、苗木都是他们提供。

难怪端庄、脱俗,原来是有高手指点。

不过我看不出村民有乱扔垃圾、不讲卫生的陋习,几乎每家门前收拾得干干净净。

方勇队长说过去不是这样,过去每家门前不是乱堆柴垛、杂物就是鸡、鸭、猪、牛乱窜,遇上雨天无处下脚。工作队来了后鼓励村民讲究卫生,凡是屋前打水泥地面、屋后建鸡棚猪棚的,每户补贴 800 元左右。仅此一招就将脏、乱、差治理好。

这个方法好,打上水泥地面就变成家庭活动场所。

前面出现一块辣椒地,足有 50 多亩。我问收成如何。

方勇队长说这块辣椒地是工作队种的。

工作队还办实体?

方勇队长说,当初种的是佛手瓜,快要挂果时,一场大水淹没了整个瓜园,水退后瓜藤再也绿不起来,全部枯死。改种辣椒,长势很好,卖了 3 万多元,但是得不偿失,人力成本太高,请人栽种、除草、摘果花去了 5 万元多元,等于亏了 2 万元。从此工作队再也不做这种费力不讨好的事。

是的,农产品本身利润低,如果再请人栽种、管理,不亏就是奇迹。当然,大规模种植除外。据我所知,工作队自己搞的产业没有一家成功,亏就亏在人工成本上。

方勇队长说亏了是小事,影响还不好,要是老百姓指责我们外行还真没有话可说,我们自己也感觉到没有资格指导贫困户发展产业项目。

我赞成他的观点,工作队不是专家,对贫困户发展项目千万不要指手画脚,工作队的任务就是帮助他们解决资金、销路问题。技术问题也解决,不是自己,而是请专家解决。

不知不觉走到村头,前边山体出现塌方。

方勇队长说不是塌方,是进村公路扩宽施工。过去进村只有一条不到 3 米宽的村村通公路,路窄得不能错车。工作队来了之后加宽了 3 米,等于又建了一条村村通公路。扩宽这条路时,其他地方容易,这座山是拦路虎。只能先易后难,其他地方修好后再来削这座山,好在有市交通局支持,现在土石方任务完成,下一步就是做护坡。

正说着,吴支书开着他的小面包车停到我们面前,说童书记、胡乡长催我们到乡政府吃饭。

饭桌上我说不虚此行,敬阳许多经验值得我们学习,表现在五个方面:一是村主职干部年轻、素质高,基本都在 30 岁左右年龄段;二是易

212

地搬迁工作行动早、方案好,已进入了收尾阶段,年前贫困户可以入住;三是争取部门支持行动快、力度大,特别是大岭村几个大项目都是请市直单位援建,起点高,质量好;四是因地制宜发展产业看得准、下手猛,并且近期有收益,远期有规模;五是奖励措施得力、鼓劲,调动了贫困户和村民的积极,达到了花小钱办大事的预期效果。

四

回家路上,我问王工看了后有何启发。他说有,但是借鉴意义不大。

他说所看的 6 个村情况差不多,如果按时间来划分,可分为老房子和新房子;如果按区域划分,可分为新区和老区。老区也就是老房子,跟长银滩一样五花八门,没有统一坐向,没有统一格调,基本是随心所欲,也就是说没有规划。新区也就是说近期所做的房子,都是以村委会办公大楼为中心,向四周扩展,基本都有规划。特别是易地搬迁房屋做进来后,更显得有规划,有整体性,这就是我们此行要学的东西。可惜长银滩没有这样一块地皮,所以说有启发没有借鉴。

我同意他的观点。但不是没有启发,也有启发,那就方勇队长谈到的打水泥地面,带动全村整洁卫生。大岭村条件比长银滩好,至少有地基,但是他们也没有大拆大建,也只是修了一条宽敞的水泥路和一河两岸的整治,但是给人的感觉却是发生了翻天覆地的变化,原因就是村庄变整洁了,变干净了,变舒适了。长银滩村规划也要按照"少花钱,大变化"来做文章。

王工说还是"穿衣戴帽"切合长银滩实际。

我同意王工的观点,希望他尽快拿出规划图和效果图,下次雷剑锋副市长来长银滩时好有东西汇报。

他说行,回家后组织团队加班加点完成任务。

五

我想把我与王工达成的意见向雷剑锋副市长作个汇报,怎奈他在长江防汛前线,联系了几次均没有时间。他分管农林水,又是全市防汛指挥部常务副指挥长,目前防汛工作压倒一切,其他工作只能往后推。

尽管这样我还是催促王工快点拿出规划方案,说不定哪天雷剑锋副市长突然冒出来要看方案,你得有东西给他看。

王工还真是说到做到之人,一个月时间拿出方案。

我的担心有些多余,雷剑锋副市长这期间没有到长银滩村。

一个星期后王工拿出效果图到长银滩。

很清晰、很具体,涉及沿湖公路边每一栋(间)房屋,不管是新房还是旧房,不管是正房还是偏房,不管是有人居住还是无人居住的房,都"穿衣戴帽",设计成一个格调和颜色,给人步调一致的感觉。

我问实施起来大约需要多少资金。他说按最低标准计算,平均每户8000元,一共有80户,大约是64万元。

64万元对工作队来讲是大数目,对雷剑锋副市长来说应该可以接受。

现在我每天盼望雷剑锋副市长来长银滩。

直到9月5日雷剑锋副市长才出现。距离第一次到长银滩将近三个月。

这一次时间比上一次充裕,看了几个地方,最后到二组易地搬迁和避险解困安置点。

山下三个组就这个地方面积最大,可以安置50户人家。雷剑锋副市长第一次来时这个地方还是个湖汊,上个月填平,不过还有个水沟没有做好。

虽然叫水沟，但是比水渠的工程量还大，全长 200 米左右，平均深度 4 米，最深位置 7 米，宽度至少要预留 2 米，因为上游是峡谷，大雨过后便发山洪。

雷剑锋副市长说不行，多留一些，要充分考虑山洪暴发带来的危害性，不能迎水建房，要依山建房，留足过水空间，就是少做几套房子也要预留出水地方，让洪水顺畅进入富水湖。他说人不给水出路，水就不给人活路。人不能与水争地盘，自然规律不能违背。

骆河生支书反映涵管太小，水难流出，建议建成涵洞或者修一座桥。

雷剑锋副市长到公路两边看了看，认为两根涵管确实太小，最好是建一个与之相匹配的涵洞。但是建涵洞需要公路交通部门配合，大慈公路改造工程刚完工，建涵洞就要挖断公路，阻碍交通。

随行的县领导说回家后让交通部门来看看，让他们拿出一个方案。

雷剑锋副市长说行，上午活动到此为止。

他还有事，省里有一个检查组在南山，他得赶过去共进午餐。不过下午 3 点他还要回来，以一名普通党员身份参加长银滩村党支部"主题党日 +"活动。

我还以为他要开个座谈会，没有想到这么快就走了。没有办法，我将准备好的汇报稿给他带走。

我想，也许下午还有机会汇报。

下午"主题党日 +"活动准时 3 点开始。雷剑锋副市长没有到，但是请示了他，让我们先开会。

会议由我主持。

本来应该由骆河生支书主持，镇党委知道骆河生支书怯场，怕效果不好，所以让我代替。

"主题党日 +"是都宁党建工作一项创举，得到中组部肯定，在全国进行了推广。做法就是每个月第一个星期一下午为"主题党日+"活动时间,有三项规定动作,即缴纳党费、诵读党章、熟知党情。然后是"+"的项目,由各单位自主确定,如重温入党誓词,帮扶困难群众,评议党务、政务,开展批评与自我批评等。

今天"+"的内容有三项:一是评议长银滩村低保户资格审查情况,二是由我讲党课,三是清理湖边垃圾。

第一项规定动作缴纳党费刚刚完成,雷剑锋副市长一行来到会场。由于事先讲好,我也没有请他前排就座,他们一行就坐在最后一排。

规定动作结束后,民主评议低保户资格。骆河生支书将全村拟定的低保户名单进行公布,我请大家对照低保户评定标准进行评议,看有没有不符合条件的户,看还有没有符合条件没有纳入的户。

也许是有市长参会,都怯场,没有人主动发言。我就点将,一个个点到。

回答都简单,有的就四个字:没有意见。

可能真的没有意见,因为讨论了几次,这是最后一次,讨论结束后上报乡政府。

进入下一个议程,由我讲党课,题目是《新形势下如何发挥农村党员先锋模范作用》。我正要开讲,雷剑锋副市长起身离座,说还有一个会等着他,先行一步。

随行人员随他而去,会场顿时空出一半。

我继续讲课。

六

一个月后,雷剑锋副市长第三次来长银滩村。

来之前的头一天,他把南山县分管农业和扶贫工作的县领导好好批评了一通。本来他们是来给雷剑锋副市长汇报易地搬迁和避险解困工作,汇报稿子和资料准备了一大堆。

雷剑锋副市长没有接资料,也没有让他们汇报,而是问省纪委书记扶贫联系点启动了没有,回答是没有。雷剑锋副市长接着问市委书记联系点启动了没有,回答还是没有。雷剑锋副市长再问分管扶贫工作的副市长也就是他的联系点启动了没有,回答是这……这……没……没有。

雷剑锋副市长说三个没有,你们还想汇报什么,连省市领导联系点都没有动,还有什么好汇报的。你们回去,等把这项工作开展了再来汇报。

真是送肉上砧板。

南山县分管领导回来后,分别到三位领导联系点调研,争取早日破土动工。

就是在这样的背景下雷剑锋副市长来了,这次其他地方不去,专门看易地搬迁安置点。

没有变化,因为这项工作是全县统一行动,是交钥匙工程,不是一个村能解决。

不过也有变化,只是没有显现出来,也就是沟渠设计及安置点户型设计方案已经完成。长银滩村需要负责沟渠资金大约是 70 万元。

雷剑锋副市长问随行的水利局局长刘中英能解决多少。刘局长说让水利工程专家来看看,70 万肯定有水分,水利局会想法解决一部分。

雷剑锋副市长满意点头。

这时有位贫困户上前找雷剑锋副市长,说她儿子得病去世,治病花了不少钱,现在家里很穷,需要照顾。雷剑锋副市长说这种事找他也行,但是最好找骆河生支书和工作队,让他们来解决。

骆河生支书说已发动党员捐了款,还申报了大病救助,该用的政策都用上了。

雷剑锋副市长要我和骆河生支书找新农合，看能不能在这一块再报一些。

贫困户离开后，雷剑锋副市长接过安置点效果图，说中间沟渠可以建成景观带，增加亲水平台。我说土地资源有限，如果这样又要少建几栋房子。

他抬头看了一眼地形，一边是湖，两边是山，一边是民居。要拓展只能打民居的主意。他说这排房子与安置点不协调，破破烂烂，将它拆掉。

谈到"拆"字，他突然想起来，第一次来长银滩时就要工作队拆房子，现在过去五个多月，一点动静都没有。

越想越气，他质问我来长银滩两年多干了些什么事。

干了些什么事一时说不清，于是拈容易的说，我说没有两年多，刚好一年零一个月。

他说丁市长联系点去了没有？

我说去了。

去了怎么一点都没有学到。

我说学到了一点，回家后拿出了方案。

方案在哪里？

我将设计院王工的"穿衣戴帽"方案给他。

他快速翻了一遍说，有了方案怎么不实施？

这句话我还想问他。

他很生气，说走，到村委会去。

我懂他的意思，是要到村委会跟我算账。

在去村委会的路上，他见到房子就不顺眼，就生气，一个劲地质问我为什么不拆。

他发起脾气来相难看，一是声音大，二是动作大，众人纷纷躲开，唯有我在受训。

按他的意思,路边的房子都得拆。

不能怪他脾气大,这个地方有点与众不同,新房子做好后不拆老房子,而老房子又都建在路边。还有的人家因为城里有房,家中的房子不闻不问,破破烂烂也不翻修,就放到那里占地盘。当然也有建不起房子的人家。

七

到了村委会会议室,我招呼市直8家单位一把手坐到前面,我准备和县里、镇里领导坐在一起。

雷剑锋副市长喊我和骆河生支书到主席台上就座。

这样主席台就有四个人:雷剑锋副市长、市政府廖森林副秘书长、我、骆河生支书。

雷剑锋副市长似乎还在生气,他不要廖森林副秘书长主持会议,自己亲自操刀。

没有铺垫之类的话,直呼其名,让骆河生支书汇报工作。

骆河生支书准备了一个稿子,不是汇报工作,也不是介绍情况,而是请示报告,请求市领导为长银滩村解决几个具体问题。

骆河生支书讲完后雷剑锋副市长要我汇报工作。

台下眼睛一个个盯着我,因为雷剑锋副市长已经质问过我多次,问了我干了一些什么事,等于下了结论,说我在长银滩没有搞工作。

我说好,正想找个机会跟雷副市长汇报。虽然雷副市长来过长银滩几次,但是一直没有给我汇报机会,今天借这个机会把工作队在长银滩一年零一个月所做的工作给雷副市长、给大家汇报清楚,不然雷副市长会以为我在长银滩吃干饭。

"吃干饭"三个字一出,四座皆惊。胆大,敢这样对抗雷剑锋副市长。

大家将目光投向雷剑锋副市长。

我也看了雷剑锋副市长一眼，没有反应，也没有表情。我知道他采取的是以静制动策略。

如果我汇报还是那个事，那我就无事；如果正如他所想象的那样，那就有一场大戏要上演。

我首先简要地介绍了长银滩村情况，因为大多数人是第一次来长银滩，想知道村情村貌。雷剑锋副市长虽然来过长银滩三次，但是也没有正式听过介绍。

讲完这些后我直入主题。

我说我们是扶贫工作队，顾名思义是做扶贫工作，着力点应放在贫困户身上。在长银滩一年零一个月时间，工作队主要做了一件事，就是产业扶贫工作。产业扶贫是脱贫五大措施最重要一条措施，没有产业项目支撑，脱贫就是一句假话。要脱贫就要上项目，要上项目就必须解决好资金、技术、销路三大问题，下面我就围绕这三大问题跟大家汇报。

一、在资金保障上，我们实行"贷＋帮＋奖＋借"。先说贷。工作队密切与农商行关系，县行姜大为行长和大场镇分行陈新华行长多次到长银滩村征求工作队意见，形成支持长银滩村贫困户脱贫共识，先后为长银滩村贷款80万元。其中，为10户光伏发电户每户贷款2万元，为2户养鱼贫困户每户分别贷款5万元，为1户光伏发电大户贷款20万元，为1户养鸡贫困户贷款8万元，为一户养猪贫困户贷款6万元，为1户养野鸡贫困户贷款8万元，为一户开办农庄贫困户贷款8万元。再说帮。市残联和市审计局拿出11万元为帮扶对象送果林基地，按照每户5亩、每亩投资850元(挖山每亩600元＋购买树苗每亩250元)标准进行补贴，鼓励4、5、6组挖荒山280亩。市人社局、市审计局分别为长银滩村打款20万元帮扶资金，发展光伏发电产业；再说奖。有项目必奖，先上后奖，逢项必奖，多项目多奖。工作队出台《长银滩村产业扶贫奖励办法》,采取以奖代补方式,鼓励贫困户快上项目、多上项目,标准为:牛700 元／头、猪 700 元／头、兔 50 元／只、鸡鸭鹅 2 元／只等,基本上解决贫困户无本钱购买种鸡(猪、牛)问题。最后说借。为鼓励两名组长带头发展香菇从而带动其它贫困户跟进,工作队借款 4 万元支持两名组长先行先试,目前香菇长势良好。

二、在技术保障上,我们实行"训 + 学"。一是训。根据贫困户请求,结合产业发展需要,工作队会同县劳动就业局、培训学校,先后在长银滩村开展两期实用技术培训班。第一期培训内容为香菇、黑木耳、食用菌种养,水果栽培,淡水鱼养殖。邀请都宁市食用菌协会理事长刘振祥教授、南山县水产局工程师汪庆佩专家、国家级农业推广先进工作者孙道清专家授课。第二期培训班以养殖项目为主,邀请农业专家、养猪、养鸡、养鱼大户授课。二是学。先后 4 次组织贫困户到高坑村食用菌产业扶贫基地、黄沙镇养猪基地、九宫山养鸡场参观学习,请养鸡大户——团市委创业大赛获奖企业家都宁邹道投资有限公司总经理邹钊、养猪大户——湖北宏桥牧业有限公司董事长徐赐进介绍养鸡、养猪经验,坚定贫困户发展项目信心,打消思想顾虑。

三、在销售环境上,我们实行"推 + 推 + 建"。一是推介。借助市产权交易中心、都宁公共资源交易中心、都宁信息网、都宁昊天拍卖网、都宁 58 同城等 8 家信息平台,面向全国宣传推介长银滩村 1300 多亩荒山流转拍卖开发信息,先后吸引 8 名老板来长银滩参观、洽谈项目。二是推销。工作队结合产业扶贫政策和"互联网 +"战略,重点扶持一组青年村民、入党积极分子程子龙开办农村淘宝网店,打通销售流通渠道,让长银滩村优质农产品流出去,同时让质优价廉的农资用品流进来,减少中间环节,减少销售成本,让老百姓得实惠。目前该店已经通过互联网形式,为 20 多家贫困户提供优质鸡苗、猪苗、树苗等信息供货服务。三是建设。长银滩村资源在山,财富在山,然而山不通,手机没有信号。工作队到村后修通了石壁地公路、泉家山公路、西冲公路,争取市县移动公司在山上建基站,解决山上手机无信号问题,同时也解决山上收看电视难的问题,为76户安装户户通卫星电视。

由于是自己做的事,尽管没有讲稿,但是讲起来如数家珍,不乱,不空,有趣,有事例,有数字,好记。每讲到标题时,只听到记笔记的声音。

我感觉效果良好。

接着我要讲第二个问题,长银滩村目前达到什么样的现状。

雷剑锋副市长看了一眼手表,时间不早了,还有部门、县乡干部要讲,最后他还要总结,于是提醒我简单一点。

那我就长话短说,专讲重点。

尽管这样,还是讲十几分钟,前后加起来个把钟头。

我讲完后大家鼓掌肯定。

听到掌声,我不知道雷剑锋副市长此时的心情是什么味道,我敢断定,他不敢再质问我干了什么事。

八

雷剑锋副市长对我的讲话没有点评,而是直接进入第二个环节,由市直8个部门的一把手发言。这个环节非常重要,雷剑锋副市长拉他们来就是要他们为长银滩村做点"贡献"。

首先是水利局刘中英局长发言。她说听了队长的介绍很受感动,长银滩工作队做了不少工作,比起他们市水利局工作队做的事多得多,值得他们学习。接着她表态,拿出30万元支持安置点沟渠建设。回家后马上安排分管财务副局长来长银滩,一个星期内资金到位。

大家鼓掌肯定。

接着是市交通局长陈跃明讲话,他说长银滩村提出的要求照单全收,另外还给县交通局20万元,以备长银滩村不时之需。

随后市民政局、市人社局、市审计局、市农业局、市国土资源局、市残联负责人依次做了发言,意思差不多,都说要想方设法满足长银滩村的请求。

大场镇党委书记程刚毅(此时已升任书记,原书记金正德升任副县长)说,大场镇党委、政府对省纪委书记和雷副市长的联系点一直很重视,一直以来都有条规矩,那就是书记负责省纪委书记的联系点沟通协调工作,镇长负责雷副市长的联系点沟通协调工作。作为过去的镇长现在的书记,长银滩村过去由他联系,工作没有做细做好,不能让领导满意,他向雷市长做检讨。同时表态要支持新任镇长工作,把两位领导的联系点等同看待,充分发挥镇长在雷副市长联系点的作用,再鼓干劲,迎头赶上,不辜负领导的希望。

新任镇长徐良开刚由镇党委副书记提拔为镇长,此时正踌躇满志。他表态,要把工作重点转移到长银滩来,不折不扣地完成雷副市长交办的任务。

南山县委副书记胡金云说,工作队在长银滩做了不少工作,成绩有目共睹。雷副市长不满意的地方如拆迁、易地搬迁等工作不是工作队的问题,而是县、镇、村工作没有跟上,责任在县、镇、村领导。下一步要转变思想,转变作风,狠抓落实,要依靠工作队不能依赖工作队,拆迁工作镇、村干部要冲锋在前,要敢于负责,敢于从自己做起,先拆自己的房,再拆亲属的房,只有这样,拆迁工作才能够顺利。

最后雷剑锋副市长讲话。

也许是受大家表态的感染,雷剑锋副市长不再是一脸怒气,说话的口气变得有几分亲切。他说他这个人是急性子,要求有点高,发起脾气来有点发兵不由将,请大家理解。

没有想到他还有柔情的一面。

他说工作队还是做了一些工作,也取得了一些成绩,但是面上的工作做得不够好,给人的视觉平淡,没有冲击力,没有亮点,看不出是领导的联系点。

正说着,静谧会场响起清脆的手机铃声,他的脸色顿时变得难看。原来是市政府副秘书长廖森林的手机忘记调成静音。他指着他命令道:关掉!

好心情被破坏,又回到那种严厉的状态。他说工作队要分清轻重缓急,要处理好局部与整体的关系,着力点要放在抓大事上,不能捡了芝麻丢了西瓜。什么是大事,村委会建设、村庄整治等。那些破旧、乱搭乱建影响美观的房子全部都得拆掉,一个星期内拆完。村容村貌每个月都要有变化,要让长银滩与过去大不一样……

他还就几个具体事做了安排。

会议结束时已经是 12 点钟。一如既往,他没有留下来吃饭,说下午有个会得赶回去。

九

他走了,给我留下一个大难题,这房子叫我怎么拆?

我跟徐良开镇长和骆河生支书说,下个星期一商量。

徐良开镇长说不能等,明天就开始行动。

明天是星期六。

星期一我到长银滩,拆迁准备工作已经完成,新安置点周围房屋墙上到处都有一个大大的"拆"字。原来徐良开镇长星期天没有休息,而是把镇直国土、城建、林业、农技、水利等部门的干部拉到长银滩,现场办公,确定要拆的房子。

第一批要拆 12 户,共计 923.39 平方,大约需要拆迁补偿资金 65 万元左右。

我佩服徐良开镇长的干劲,真是落实领导指示不过夜的好干部。他说他的性格与雷市长对路,都是敢作敢为的干部。

不仅如此,村委会新办公大楼也开工了,公路绿化带开始栽树了,桃花岛采摘园效果图出来了,办事效率出奇的高。

只两天时间干出这么多事,不能不说是奇迹。

徐良开镇长说这个时候不能按常规出牌,雷副市长说了,一个星期后再来长银滩,如果来了长银滩没有一点变化,怎么交差?所以村委会图纸不用设计,照搬省纪委书记联系点上村委会的图纸。招标也省了,把省纪委书记联系点上做村委会的原班人马请来……总之,一切为了速度。

他说,要想让雷副市长满意,就要与雷副市长思想合拍、行动合拍,要在"抓重点,出亮点,有看点"上着力、加油、鼓劲。

他的决心很大,然而老百姓阻力也大,直到我离开长银滩时一栋房子也没有拆下来。

两个月后,雷剑锋副市长不再分管农业和扶贫工作,长银滩村也不再是他的扶贫联系点。

过完年后,工作队轮换,我不再担任市驻长银滩村工作队队长兼村党支部第一书记。